Trilha estreita ao confim

Matsuo Basho

Trilha estreita ao confim

Tradução
  Kimi Takenaka
  Alberto Marsicano

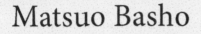

Copyright © desta tradução e edição
Editora Iluminuras Ltda.

Capa e projeto gráfico
Eder Cardoso / Iluminuras
sobre *Paisagem com um viajante solitário*, Yosa Buson (Taniguchi)
cerca de 1780, Japão, [sumiê: rolo suspenso; tinta e cores claras na seda]

Desenhos
Cenas de *The Narrow Road to the Deep North*, Yosa Buson (Taniguchi) cerca de 1780

Revisão
Ana Paula Cardoso
Monika Vibeskaia

CIP-BRASIL. CATALOGAÇÃO NA PUBLICAÇÃO
SINDICATO NACIONAL DOS EDITORES DE LIVROS, RJ
B316t

    Basho, Matsuo, 1644-1694
        Trilha estreita ao confim / Matsuo Basho ; tradução Kimi Takenaka, Alberto Marsicano. - [2. ed.] - São Paulo : Iluminuras, 2021.
        128 p. ; 21 cm.

    Tradução de: A visit to the Kashima Shrine : a visit to Sarashina Village...
    ISBN 978-6-55519-108-0

    1. Poesia japonesa. 2. Matsuo, Basho, 1644-1694 - Viagens - Japão. I. Takenaka, Kimi. II. Marsicano, Alberto. III. Título.

21-72368   CDD: 895.61
                    CDU: 82-1(520)

Camila Donis Hartmann - Bibliotecária - CRB-7/64722021

EDITORA ILUMINURAS LTDA.
Rua Inácio Pereira da Rocha, 389 - 05432-011 - São Paulo - SP - Brasil
Tel./ Fax: 55 11 3031-6161
iluminuras@iluminuras.com.br
www.iluminuras.com.br

ÍNDICE

A trilha errante de Basho, 9
Alberto Marsicano

Nota dos tradutores, 27

VISITA AO SANTUÁRIO DE KASHIMA, 29

VISITA A SARASHINA, 37

TRILHA ESTREITA AO CONFIM, 43

A trilha errante do Haikai, 91
Alberto Marsicano

O som do vento, 121
Alberto Marsicano

Sobre os tradutores, 127

A trilha errante de Basho

Alberto Marsicano

Matsuo Basho nasce em 1644 em Ueno, pequena cidade japonesa da província de Iga. Seu pai, Matsuo Yozaemon, era um samurai a serviço do shogunato da família Todo que vivia como professor de caligrafia[1]. Mas a sorte de Basho estaria traçada aos nove anos ao tornar-se amigo do jovem Todo Yoshimada, herdeiro do poderoso clã. Ambos são iniciados na arte da poesia sob a orientação de Kitamura Kigin (1624-1705) discípulo do renomado Teitoku. Basho adota o nome literário de Sobo e seu companheiro o de Sengin. Estudam com este mestre anos a fio a caligrafia, a poética japonesa e o verso clássico chinês. O primeiro haikai de Basho data de 1662 quando contava com 18 anos:

---

[1] *Existe grande similitude entre a arte da espada (Ken-dô) e a arte da caligrafia (Sho-do). Conta-se que renomado samurai fora discípulo de um calígrafo que lhe ensinara "o caminho da espada" riscando no ar ideogramas (Kanji). Myamoto Musashi, o maior espadachim japonês, abandona a espada após matar o segundo maior "mestre da lâmina" e se torna monge, passando a ser grande calígrafo e pintor, pois dizia possuir "A Chave do Movimento".*

haru ya koshi
toshi ya yukiken
kotsugomori

chegou a primavera
ou se foi o ano velho?
véspera do ano novo

O haikai deriva do clássico tanka, poema japonês de 31 sílabas. Esta divisão gerou o costume de os poetas reunirem-se para elaborar coletivamente os poemas: um criava a primeira parte e outro a segunda. Assim, ludicamente se engendravam longas séries de versos que foram denominados renka. Com o tempo, a primeira parte do tanka, de 5, 7 e 5 sílabas, adquiriu autonomia dispensando a segunda. Estes poemas curtos e satíricos, repletos de jogos de palavras, ficaram famosos em todo o Japão sob o nome de renka haikai, ou simplesmente haikai.

Sengin morre inesperadamente em 1666, e Basho, tendo perdido seu grande amigo e protetor, escreverá:

samazama no
koto omoidasu
sakura ka na

quantas memórias
me trazem à mente
cerejeiras em flor

Após a morte de Sengin, Basho passa a se aprofundar na arte do haikai estudando a literatura clássica japonesa e chinesa. Na primavera de 1672 parte para Edo, (atual Tóquio) sede do governo. Nesta cidade compila uma antologia de haikai, a dedicando à divindade protetora das letras. No minucioso trabalho, podemos notar através de seus jocosos comentários, o afastamento progressivo da escola de Teitoku, que insistia em conter o humor e a liberdade originais do haikai. Basho começa a se identificar com a corrente vanguardista cujo principal representante era Soin. É bem recebido na escola Danrin (deste poeta) e, com o nome de Tosei, retribui as novas influências com o poema:

ume no kaze
haikai koku ni
sakan nari

*ameixa ao vento
na terra do haikai
triunfante se dissemina[2]*

Mas a escola Danrin não tarda a entrar em declínio, pois sua procura desenfreada de novidades cada vez mais extravagantes levaria esta corrente ao caos. Uma saída para o impasse é procurada por vários poetas do

---

[2] *Neste poema, que celebra a escola Danrin, "Ameixa" se refere ao designativo "Velho da Ameixa", nome literário de Soin.*

grupo, inclusive Basho, que tenta resolvê-lo começando por transformar radicalmente seu modo de vida. Em 1682, embora cercado por inúmeros discípulos e admiradores, muda-se para uma pequena choupana às margens do rio Sumida, na periferia de Edo. O retiro despoja nosso poeta das obrigações mundanas e também de boa parte de seus alunos. Esse novo estilo lhe obrigará a viver como eremita ao lado de apenas poucos estudantes. Um deles planta no jardim uma bananeira (Basho no japonês) que primeiro passa a denominar o local e posteriormente o próprio poeta. É importante frisar que naquela época essa planta era exótica e muito celebrada pelos clássicos chineses devido a sua fragilidade diante dos rigores do clima temperado. Nesse mesmo ano Basho escreve:

basho nawaki shite
tarai ni ame wo
kiku yo ka na

bananeira na tormenta
por toda noite terei de ouvir
o gotejar na tina d'água?

Por este tempo medita muito, procurando livrar-se de todas as influências e criar o próprio estilo. Costumava dizer: "Não busco o que os antigos criaram, mas sim o que almejaram". Segundo suas palavras, o que os sábios da antiguidade mais buscaram teria sido o "Makoto". Esse termo, traduzido geralmente por "verdade" ou "essência", é a versão japonesa daquilo que os chineses designavam como "atitude do homem perante os Deuses". O compêndio "Chuang-Yung", bíblia do Neo-Confucionismo (filosofia predominante na época de Basho), define esta palavra como: "Se não estás esclarecido a respeito do Bem não és imbuído de Makoto" e "Makoto é a Lei Suprema do Universo". Como salientou o seu discípulo Toho, teria sido Basho quem introduzira este principio no haikai. O grande interesse do poeta pelos aforismos de Chuang-Tsu pode ser notado pela citação deste filósofo chinês tanto em sua correspondências, como em suas críticas e comentários literários. Alguns pensamentos de Basho sobre o "Makoto" da poesia:

"Deve ser fixado antes que a luz se apague"

"A boca prestes a comer a pera"

"Deixe que um menino o faça"[3]

"Aprende do pinheiro diretamente do pinheiro;
do bambu diretamente do bambu"

Em 1681 conhece o mestre zen Bucchô e inicia a prática do "zazen" (postura de lótus). O zen budismo exercerá uma marcante influência em sua poesia. A grande contribuição

[3] O menino que contempla / as folhas que caem / é um Buda.

de Basho foi a de infundir na concisa forma do haikai a amplidão do pensamento zen. Via num pequeno crisântemo o "dharma", a ordenação cósmica do Universo, e cristalizava essa percepção instantânea no poema:

em profundo silêncio
o menino, a cotovia
o branco crisântemo

Suprimindo as fronteiras entre o mundo interior e exterior, o ser individual imerge na totalidade como uma gota no oceano.

furu ike ya
kawasu tobikomu
mizu no oto

*velho lago
mergulha a rã
fragor d'água*

Basho contemplava num harmonioso entardecer uma tranquila lagoa quando uma rã saltando sobre a água rompeu subitamente a lisa superfície. Não com um forte ruído mas com um som claro e distinto. Ao ouvir este som cristalino o poeta fluiu quase que involuntariamente leve e simples, sem artifício algum. O haikai é o olho do furacão, o profundo toque de um gongo de bronze, o iridescente relâmpago que inesperadamente reluz na escuridão da noite. O haikai é o satori, o despertar zen que repentinamente surge no caminho.

ao sol da manhã
uma gota de orvalho
precioso diamante

O haikai deve conter pelo menos uma palavra que faça referência a uma estação do ano. Esta relação pode ser transmitida por expressões como "vento de outono", "fim de verão", "lua cheia de outono" ou indiretamente simbolizada através de fenômenos naturais ocorrentes durante as respectivas estações. Para primavera temos por exemplo expressões como "vento do leste", "montanhas sorridentes", "rã", "bicho da seda", "glicínia", "azaleia", etc.

rumo à ilha do Sado
sobre o mar revolto
a Via Láctea

Via Láctea tem neste haikai uma infinidade de significações: em primeiro lugar refere-se ao outono, estação em que o céu torna-se claro e constelado. Em segundo lugar recorda a lendária história de amor entre duas estrelas no dia em que é celebrado o Festival das Estrelas. A ilha do

Sado, muito distante da costa escarpada, somente pode ser vista no horizonte em noites de céu claro e estrelado. Na amplidão do firmamento vaga a Via Láctea como um rio celestial na direção da enigmática Sado, pairando sobre as turbulentas ondas do mar encrespado.

murmúrio
marmóreo
do mar

Um dos princípios do zen budismo é o "insight", a constante inovação, não admitindo repetições de fórmulas preestabelecidas.[4] Certa vez um grande mestre da arte do arranjo floral (ikebana) foi chamado ao palácio do shogun e este para testá-lo entregou-lhe as flores e o cântaro cheio d'água, mas prudentemente ocultou o grampo de metal (kenzan) que suportaria o arranjo no fundo do vaso. O mestre concentrou-se profundamente e, após retirar todas as pétalas do ramalhete, as lançou sobre a água num gesto rápido e solene!

nami no ma ya
kogai ni majiru
hagi no chiri

---

[4] *A arte da caligrafia e a da pintura (sumiê) não admitem correções.*

conchinhas e pétalas
dançando misturadas
rolando nas ondas

Myamoto Musashi, o maior espadachim japonês de todos os tempos, estava certa vez almoçando quando foi repentinamente cercado por mais de vinte samurais. Embora ameaçado de morte, Musashi continuou calmamente a comer e a certo momento capturou com o "hashi" (pauzinhos) um mosquito em pleno voo. Os samurais atônitos fugiram então como um raio.

ronin[5]
mar de nácar
céu marfim

O poeta Shiki, contemplando os maravilhosos fogos de artifício numa noite de céu estrelado, compôs o seguinte haikai:

hitokaeru
hanabino ato no
kuraki kana

---

[5] *Ronin – Samurai que após a morte do shogun (senhor feudal) ou fim de uma guerra se torna errante.*

fogos de artifício terminaram
os espectadores se foram
ah! O vasto espaço!

Ao lhe desafiarem a escrever outro poema que desse sequência este, que já dissera tudo, Shiki num insight tipicamente zen escreve:

sabishisa ya
hanabino ato no
hoshi no tobo

solidão
após os fogos de artifício
uma estrela cadente!

No final de 1682 o grande incêndio que aniquilou Edo chega até a periferia da cidade, destruindo completamente sua choupana. A exemplo de Saigyo e Sogi poetas-monges da antiguidade que tanto admirava, Basho passaria em contínua viagem o resto de seus dias.

A trajetória deste poeta deve ser antes de tudo anali-sada à luz das célebres pinturas Os 10 Touros Zen que demonstram todas as etapas iniciáticas do zen budismo. Na primeira, o neófito procura o touro. Na segunda ele é encontrado e na terceira luta até subjugá-lo. Na seguinte toca flauta montado sobre o animal cujo olhar tornou-se calmo. Esta fase inicial representa a luta contra a turbulência da mente, espíritos e na arte, as dificuldades técnicas iniciais. Tendo passado este portal o iniciante encontra seu lugar (na arte seu estilo): aparece a representação de uma choupana sob a lua cheia, símbolo budista do despertar. A casa então desaparece (incêndio da cabana de Basho) e vemos agora apenas o círculo do tao, da vacuidade. Um Ramo Florido que designa o encontro do "dharma", prepara a visão ao último quadro, o do mestre errante que após percorrer longa jornada caminha até a aldeia e transmite a doutrina ("dharma") a um pescador.

> minha casa incendiou
> a cerejeira do jardim floresce
> como nada houvesse ocorrido

Basho percorreu os caminhos como poeta errante. O pensamento zen é errante, livre dos encadeamentos da dualidade e dos enclausurados compartimentos da lógica. Certa vez, um mestre zen recebe a visita de um jovem monge e este lhe revela que há vários anos se aperfeiçoa no célebre mosteiro Eiheiji. — Que aprendeu neste longo tempo? — pergunta-lhe o mestre. O neófito senta-se na perfeita postura de lótus[6] e ali permanece imóvel por três dias. O mestre então cutuca-lhe as costas e diz: — Pode ir embora, pois já temos muitos Budas de madeira!

---

[6] A postura de lótus (zazen) é o fundamento do zen-budismo, pois nesta posição Buda teria despertado.

nagaki hi ya
meno tsukaretaru
umi no ue

longa jornada
meus olhos impassíveis
contemplam o mar

Basho, como os filósofos e eruditos de seu tempo, tinha raspada a cabeça e vestia-se de negro. Sua fama como grande haikaísta tinha-se espalhado por todo o país e era sempre bem-vindo por onde passasse. São três seus principais relatos de viagem: Visita ao Santuário de Kashima data de 1687 e consiste num conciso relato escrito na caligrafia "kanná"[7] repleto de haikais. Basho lança-se a pé pelas estradas (apenas os nobres e samurais podiam usar cavalos) e atravessa o país com o simples intuito de contemplar a lua cheia nascendo sobre o sagrado templo. Nessa jornada recolhe inúmeros haikais de poetas que encontra nestas remotas paragens.

*sempre o mesmo
no céu imutável
o clarão da lua*

*mil espectros de luz
nas multiformes nuvens*

[7] *"Kanná" Estilo caligráfico próprio para a escritura do haikai.*

No ano seguinte escreve Visita a Sarashina. *Neste relato, que descreve a subida de uma íngreme montanha, podemos vislumbrar todo o processo iniciático do zen budismo, com suas duras provas e dificuldades na trajetória onde o neófito em meio a ferrenha luta consigo mesmo percorre a escarpada senda rumo ao despertar, aqui representado pelo clarão da lua cheia.*

três vezes vi
a lua cheia
num céu sem nuvens[8]

"Dias e noites vagueiam pela eternidade. Assim são os anos que vêm e vão como viajantes que lançam os barcos através dos mares ou cavalgam pela terra. Muitos foram os ancestrais que sucumbiram pela estrada. Também tenho sido tentado há muito pela nuvemovente ventania, tomado por um grande desejo de sempre partir." Com estas palavras *se inicia seu mais famoso diário de viagem,* Trilha estreita ao confim, *que teria a duração aproximada de quatro anos.*[9] *Esta longa jornada se inicia em 1689 quando Basho não resistindo ao chamado dos deuses da estrada, é impelido às remotas províncias do norte, passando por paragens ainda hoje consideradas como longínquas e misteriosas.*

[8] *"Satori", o despertar, é geralmente representado pela lua cheia raiando após todas as ilusões (nuvens) terem se dissipado. Outra metáfora é a da lua cheia refletida num tranquilo espelho d'água que, livre de toda turbulência, reflete sua imagem perfeita.*
[9] *Em 1943 a publicação do relato de Sora, companheiro de Basho em* Trilha estreita ao confim, *veio a despertar suspeitas sobre a veracidade desta jornada. Mas mesmo que a viagem não tenha passado de ficção em nada desmerece seu grande valor literário.*

Certos autores têm a firme convicção de que o poeta percorria estes caminhos tomado por poderes mágicos e uma força espiritual muito intensa que o possuía por completo. Nesta obra manifesta-se o fluir contínuo e errante através da eternidade, a compulsante unidade estabelecida entre o elemento efêmero, transitório e mutável (ryuko) e a imutável e eterna essência (kyo).

gota de orvalho   (transitório do ryuko)
ao sol da manhã   (eterno do kyo)
precioso diamante   (unidade)

Em 1694 deixa Ueno e caminha até Osaka, onde adoece gravemente. Seus discípulos desconfiados do desenlace próximo pedem-lhe que faça seu poema de morte. Basho lhes responde que nos últimos vinte anos todos os seus haikais tinham sido escritos como o "poema de morte". Na mesma noite tem um sonho e ao acordar escreve seu derradeiro poema:

tabi ni yande
yume wa kareno wo
kakemeguru

finda viagem
meus sonhos rodopiam
pelo seco descampado

Levado a casa de um florista, morre cercado de amigos e alunos. Está enterrado às margens do lago Biwa (Alaúde no japonês) no jardim do templo Yoshinaka à sombra de uma bananeira.

>lago Biwa
>tênues vagas
>cordas de seda

VISITA AO SANTUÁRIO DE KASHIMA

VISITA A SARASHINA

TRILHA ESTREITA AO CONFIM

Nota dos tradutores

Apresentamos aqui em ordem cronológica, o ciclo completo das três viagens de Basho, pela primeira vez traduzidas em nossa língua, diretamente do japonês. Nesta tradução, extremamente literal, procuramos transmutar no português o fluctissonante ritmo magnético e o solene fluxo imagético dos escritos originais.

zênite
como se Basho
aqui estivesse

VISITA AO SANTUÁRIO DE KASHIMA

Numa clara noite outonal de lua cheia, passando pela praia de Suma, um poeta de Kyoto escreveu:

sombra dos pinheiros
lua da décima quinta noite
poeta Chunagon[1]

A imagem deste poema não me saiu da cabeça, até que neste outono tomei novamente a estrada, possuído pelo desejo de ver a lua cheia nascendo sobre as montanhas do santuário de Kashima. Acompanhavam-me nesta jornada um jovem e um monge errante. Este, como um corvo, trajava uma veste negra e portava nas costas um pequeno relicário com a imagem de Buda recém-iluminado. Caminhava a nossa frente empunhando firmemente seu

[1] Existe uma relação íntima neste poema entre o nome do poeta Chunagon, em que o termo inicial "Chu" significa meio, com o meio do mês e o meio da noite.

cajado, como se tivesse livre acesso ao mundo através do Portal sem Portas. Eu também, embora não fosse monge ou leigo, estava de negro, vagueando como um morcego que se passava ora por pássaro, ora por rato. Tomamos o barco perto de casa e navegamos até Gyotoku, onde retomamos nosso percurso.

Cobrimos nossas cabeças com chapéus feitos com folhas de cipreste, gentilmente oferecido por um amigo da província de Kai, e rumamos para o vilarejo de Yawata, onde encontramos a imensa pradaria de Kamagai-no-hara. Conta-se que na China existe um campo tão extenso que os olhos num só relance avistam mais de mil milhas. Aqui neste lugar, a pradaria avança de forma contínua até o horizonte, onde encontra os imponentes picos do monte Tsukuba. Como duas espadas que apontam os céus, estes picos são tão formosos como os do monte Rosan, na China.

monte Tsukuba
nevado resplandece
sob a purpúrea bruma

Este poema foi escrito por meu discípulo Ransetsu, quando por aqui passou. O príncipe Yamatotakeru também imortalizou num poema esta montanha, cujo nome inspirou o título de sua antologia poética. Pouquíssimos poetas passaram por estas paragens sem escrever um tanka ou haikai.

A paisagem estava inteiramente coberta por flores de rara beleza. Comenta-se que certa vez, Tamenaka caminhou até Kyoto levando várias delas como recordação.

Ao cair da noite alcançamos a cidade de Fusa, situada às margens do rio Tone. Os pescadores locais apanham o salmão em trançados de vime e os vendem nos mercados de Edo. Numa cabana de um deles demos um rápido cochilo sob forte cheiro de peixe. Tomamos então o barco e navegamos até o santuário de Kashima sob os brilhantes raios do luar.

Começou a chover no crepúsculo do dia seguinte, e não conseguimos ver o nascimento da lua cheia. Fui visitar, então, o monge do santuário, que residia numa pequena ermida no sopé da montanha. A tranquilidade daquela morada inspirou meu coração com as palavras do antigo poema "um sentido profundo de meditação e recolhimento" ao ponto de fazer-me esquecer o pesar de não poder ver a lua cheia.

Pouco após o romper do dia, a lua cheia surgiu, radiando seus fulgores argênteos através dos clarões das nuvens. Acordei imediatamente o monge e os que dormiam e contemplamos por um longo tempo em completo silêncio os raios do luar tentando transpassar as nuvens ao som dolente da chuva. Era realmente espantoso o fato de termos vindo de tão longe apenas para observar o espectro tênue da lua, mas consolei-me lembrando a estória da poeta que retornou de uma longa caminhada que fez para ouvir o canto do cuco, sem compor um único verso. Os seguintes poemas foram escritos nesta ocasião:

sempre o mesmo
imutável no céu
o clarão da lua
mil espectros de luz
nas multiformes nuvens

Monge

voa a lua
pingos nos galhos
sorvendo a chuva

Tosei

por toda a noite no templo
com o límpido olhar
contemplei a lua

Tosei

após dormirem na chuva
os bambus se erguem
a contemplar a lua

Sora

como é solitária a lua
ao som do gotejar
da calha do templo

Soha

Poemas compostos no templo de Kashima

teriam estes pinheiros germinado
na época dos deuses?
outono no santuário
Tosei

retiremos no musgo
da pedra sagrada
o orvalho
Soha

frente ao santuário
com solene bramido
se prostra o cervo
Sora

Poemas compostos em meio ao arrozal

colheita no arrozal
pousa a cegonha
outono na aldeia
Tosei

colheita noturna
sob a lua clara
ajudo os camponeses
Soha

os filhos dos camponeses
ao debulhar o arroz
contemplam a lua

Tosei

folhas tremulam
no campo queimado
à espera da lua

Tosei

Poemas compostos no campo

minhas calças
serão tingidas
pelas flores de hagi

Sora

outono em flor
pastam o capim
cavalos errantes

Sora

campos floridos de hagi
por uma noite abriguem
aos cães da montanha

Tosei

No caminho de volta paramos na casa de Jijun, onde compusemos os seguintes poemas:

amigos pardais
façam desta palha seca
seu ninho
Jijun

em pleno outono
germina a semente de cedro
plantada no jardim
Escrito pelo convidado

para ver a lua
paramos o barco
que subia a corrente
Sora

VISITA A SARASHINA

O vento de outono inspirou em meu coração o profundo ensejo de contemplar a lua cheia nascendo sobre o alvo cimo do monte Obasute. Esta escarpada montanha na província de Sarashina era o local onde, em tempos remotos, os habitantes das aldeias abandonavam os muito idosos em meio às rochas. Meu discípulo Etsujin resolveu com muita alegria me acompanhar, como também um aldeão enviado por meu amigo, que nos ajudaria a transpor as difíceis passagens. A estrada de Kiso, que nos conduzia a este local, era escarpada e perigosa, serpenteando pelas íngremes encostas e altos penhascos. Como nenhum de nós era suficientemente experiente para esta difícil travessia, sentimos a necessidade da ajuda mútua, pois qualquer descuido naquelas alturas poderia ser fatal. Este sentimento nos transmitiu a coragem necessária para enfrentar esta magnífica jornada.

A certo ponto do caminho, encontramos um velho monge zen, carregando um pesado fardo, ofegante, com um olhar profundo e penetrante. Meus companheiros simpatizaram logo com ele e colocamos o fardo sobre um dos cavalos. No alto, centenas de alvos cumes erguiam-se às alturas no desfiladeiro e, à nossa esquerda, um vertiginoso precipício se arrojava sobre os turbilhões abissais da correnteza de um riacho. O cavalo ia tangenciando a encosta e eu não conseguia parar de pensar que um pequeno descuido nos faria despencar.

Passamos pelos perigosos estreitos de Kakehashi, Nezame, Saru-ga-baba, Tashitoge, e a estrada, sempre sob a densa neblina e cortantes rajadas de vento, nos fazia sentir que estávamos tateando o caminho por entre as nuvens. Deixei o cavalo e preferi seguir com minhas próprias pernas. Estava tonteante com a altura e minha mente não conseguia se livrar do medo. O aldeão que nos acompanhava, pelo contrário, estava tranquilo e, muito à vontade, não demonstrava o menor receio. Eu, aterrorizado, observava as profundezas que se precipitavam por milhares de metros abaixo da íngreme estrada. Ocorreu-me o pensamento de que éramos como aquele aldeão, indefeso frente ao perigo em meio às terríveis oscilações deste mundo mutável, tateando por uma estreita trilha sob forte borrasca e, não fosse a terna presença do misericordioso Buda, estaríamos perdidos ao sabor da tormenta.

Ao crepúsculo chegamos a uma pequena cabana na encosta. Acendi a lamparina e, pegando papel e tinta, fechei os olhos tentando recordar as impressionantes cenas que vira durante o dia. O monge, ao ver-me com a mão sobre os olhos pensou que estivesse passando mal, e começou a contar-me passagens de sua peregrinação, sutras e cenas que presenciara em sua longa vida. Depois de escutar fantásticos relatos, não conseguia compor nenhum poema. Porém, o radiante luar, no mesmo instante, atingiu a sala, banhando de prata o crepúsculo entre o suave farfalhar das folhas. Senti rumor distante de vozes e a solidão de outono atingiu meu coração. Falei então: "Tomemos o chá verde e espumante entre estes raios de luar!" E o dono da palhoça trouxe algumas xícaras. As taças eram laqueadas com matizes dourados e, como se fossem joias, hesitei ao tocá-las. Estas taças azuladas, encontradas por mim nestas remotas paragens, eram mais preciosas que joias.

seu fulcro
ornaria de ouro
lua da montanha

ponte suspensa
trepadeira e vida
se entrelaçam

ponte suspensa
antigos cavalos imperiais
perigosamente te cruzaram

em meio à ponte
nem podia piscar
ao dissipar da neblina

Poemas compostos no monte Obasute

noite clara
paira o espectro
da velha que chora

décima sétima noite
permaneço ainda
na aldeia de Sarashina

três noites vi
a lua cheia
no céu sem nuvens

graciosamente vergada
coberta pelo orvalho
a flor ominaeshi

nabo branco
acre tal qual
o vento de outono

castanhas de Kiso
seriam bons presentes
aos aldeões?

Poemas compostos no templo Zenkoji

ao clarão da lua
quatro portas quatro seitas
tornam-se uma

avalanche de pedras
no monte Assano
tempestade de outono

TRILHA ESTREITA AO CONFIM

Dias e noites vagueiam pela eternidade. Assim são os anos que vêm e vão como viajantes que lançam os barcos através dos mares ou cavalgam pela terra. Muitos foram os ancestrais que sucumbiram pela estrada. Também tenho sido tentado há muito pela nuvemovente ventania, tomado por um grande desejo de sempre partir.

O outono já estava quase no fim quando voltei para casa às margens do rio Sumida após perambular pelas costas. Tive então tempo suficiente para retirar a poeira e arrumar minhas coisas. Porém, assim que a primavera começou a florescer pelos campos, senti novamente o impulso de seguir errante sob os amplos céus e cruzar os portais de Shirakawa. Os deuses pareciam ter-me possuído a alma, e a estrada parecia convidar-me a novas paragens.

Tratei logo de consertar minhas calças, remendar o chapéu e aplicar "moxa" sobre minhas pernas a fim de fortalecê-las. Começava já a vislumbrar a brilhante lua cheia resplandecendo sobre as ilhas de Matsushima. Por fim, cedi minha casa, e me mudei provisoriamente para a morada de Sampu. Na varanda de minha antiga casa pendurei um poema sobre o pilar de madeira:

atrás desta porta
outra geração celebrará
o Festival das Meninas

Parti ao amanhecer do dia vinte e sete de março. No negroazul do céu, se via ainda a lua que, tênue, gradualmente desaparecia. A gázea imagem do monte Fuji e as cerejeiras em flor de Ueno e Yanaka me foram ofertadas como última lembrança. Meus amigos acompanharam-me até o barco, e comigo navegaram durante as primeiras milhas. Ao desembarcar em Senju, nem as casas da cidade nem as faces de meus amigos podiam ser vistas pelos meus lacrimejantes olhos, apenas esta visão:

fim de primavera
choram os pássaros
lacrimejam os peixes

Com este poema comemorei meu errar. E caminhei adiante em minha jornada.

Meus amigos acenaram-me adeus, até que desaparecessem de minha vista.

Caminhei o dia todo somente desejando voltar, após haver conhecido as misteriosas paisagens do norte distante, porém sem acreditar realmente na possibilidade de realizar tal jornada, pois sabia que uma caminhada como esta, longa viagem através do segundo ano de Genroku, apenas acumularia cabelos brancos sobre a minha cabeça, quanto mais me aproximasse das nevadas regiões. Quando alcancei a aldeia de Soka ao anoitecer, meus ombros estavam machucados pelo peso da bagagem, que consistia num cobertor para noite, num traje de algodão, numa capa de chuva, material para escrever e presentes ganhos na despedida. Gostaria muito de viajar mais leve, porém existem coisas das quais não nos podemos desvencilhar, por razões práticas ou sentimentais.

Fui ver o santuário de Muro-no-Yashima. Segundo Sora, meu amigo, este templo é dedicado à Deusa das árvores Floridas, que também possui um templo no monte Fuji. Esta Deusa, como nos conta a lenda, para provar a natureza divina de seu filho recém nascido, a seu marido, trancou-se numa câmara ardente. Seu filho foi então chamado "Senhor Nascido Fora do Fogo", e o templo denominado Muro-no-Yashima, que significa câmara ardente. Neste lugar, existia o costume de os poetas celebrarem a espiralada ascensão do incenso, e o de as pessoas não comerem o "konoshiro", um peixe salpicado que tem cheiro desagradável quando frito.

Hospedaram-me numa estalagem ao sopé do monte Nikko, na noite de trinta de março. Seu dono, que se apresentou como Honesto Gozaemon[1], disse-me que dormisse na mais perfeita calma sobre o macio

---

[1] "Gozaemon" termo que também significa Buda.

travesseiro de palha, e que sua única ambição era honrar seu nome. Observei-o atentamente em sua obstinada honestidade, pronunciando-se livre da ambição mundana. Era como se o misericordioso Buda tomasse a forma humana para me ajudar em minha errante peregrinação. De fato, sua sagrada honestidade e sua pureza seguiam de perto a Perfeição pregada por Confúcio.

No primeiro dia de abril, escalei o monte Nikko a fim de render a minha homenagem a um dos mais sagrados templos, localizado em seu cume. Este templo também é conhecido como Nikko. Quando o grande monge Kukai o construiu, denominou-o de Nikko, que significa "brilhantes raios de sol". O monge Kukai deve ter previsto há mais de mil anos que este templo seria dos mais sagrados e que, do alto deste monte, irradiaria energia a toda a região, iluminando as pessoas dos povoados como o raio de sol. Falar mais sobre ele seria violar sua sagrada pureza.

maravilhoso
o brilho do sol
nas verdes frescas folhas

O monte Kurokami estava visível, embora filtrado pela opacidade da distância. Brilhava branco, coberto de neve, contrastando ironicamente com seu nome, que significa "negra cabeleira".

liberto dos cabelos
em negra veste qual
o Kurokami em degelo[2]

Sora

O verdadeiro nome de meu amigo era Kawai Sogoro. "Sora", o seu pseudônimo literário. Estava sempre por perto e me ajudava buscando água e lenha. Queria me acompanhar, a fim de contemplar as paisagens de Matsushima e Kisagata, disposto a enfrentar todas as dificuldades de tal jornada. Assim, ele tomou o errante caminho, após a raspagem do cabelo, na luminosa manhã de nossa partida. Vestiu a negra roupagem de monge itinerante, e mudou seu nome para Sogo, que significa "Religiosamente Iluminado". Seu poema, portanto, não consiste apenas numa simples descrição do monte Kurokami. As últimas linhas impressionaram-me profundamente, pois expressam sua grande determinação em persistir no seu propósito.

Após subir a montanha por duzentas milhas, ou mais, cheguei a uma cachoeira, que turbulentamente escorria através de uma fenda escavada no topo de uma alta pedreira, despencando num lago de águas verde-escuras, numa espetacular queda de mais de cem metros. As rochas por detrás do véu da cachoeira eram tão escavadas, que podíamos vê-las também por seu lado oposto,

---

[2] No zen budismo, o neófito ao iniciar-se raspa os cabelos e passa a utilizar a tradicional veste preta.

cintilante tear contínuo de arco-íris brilhando sob o sol. Esta grande caverna envidraçada pelas águas tornou-a famosa, conhecida em toda a região como "Cachoeira Vista-Por-Trás".

por um instante recolhido
entre a cachoeira e as rochas
início de verão

Um grande amigo residia em Nassu-no-Kurobane, na província de Nassu. Porém, para chegar a esta cidade, era necessário atravessar um imenso pântano. Segui por uma estreita trilha, que por milhas e milhas cruzava, como uma reta, o imenso alagado. Já avistava ao longe a pequena cidade quando uma forte chuva começou a cair, e a escuridão da noite encobriu com rápidas pinceladas de nanquim a paisagem. Passei a noite na casa de um solitário fazendeiro, e me levantei cedo, ao raiar do sol. Ao longe avistei um cavalo pastando e um camponês cortando o mato. Pedi-lhe o grande favor de emprestar-me seu cavalo. Ele hesitou por um momento, porém finalmente, com um toque de simpatia na face, me disse: "Existem centenas de encruzilhadas por estes caminhos e um andarilho como você poderia facilmente se perder neste emaranhado e labiríntico meandro. Porém, o cavalo conhece bem o caminho. Leve-o e mande o de volta quando dele não mais precisar". Montei, e parti rumo à cidade. No caminho, duas crianças, filhos deste camponês, seguiam-nos acenando.

Sora perguntou à menina qual era o seu nome, e ela respondeu: "Kasane, que significa multiplicidade, variedade". Para o nome de uma criança do campo, este era um nome diferente e Sora escreveu os seguintes versos:

menina Kasane
rósea flor
múltiplas pétalas

Enviei o cavalo de volta a seu dono, não esquecendo antes de colocar uma pequena quantia em dinheiro, amarrada junto à cela. Ao chegar à cidade de Kurobane, fui logo visitar meu amigo Joboji.

Ele ficou muito emocionado ao me ver tão inesperadamente, e conversamos durante vários dias e noites. Seu irmão Tosui aproveitava todas as oportunidades para conversar comigo, levando-me à sua casa para conhecer seus familiares e amigos. Um dia percorremos a periferia da cidade. Vimos as ruínas de um antigo campo de tiro, e, caminhando até o pântano, visitamos o túmulo da Senhora Tamamo, e depois o de Hachiman, sobre o qual o samurai Yoichi tornara-se famoso por alvejar, com uma flecha, um leque suspenso sobre a proa de um barco. Ao escurecer voltamos à casa de Tosui.

Fui convidado a visitar o templo Komyoji, onde encontra-se a estátua do fundador da seita Shugen. Conta-se que ele percorreu todo o país com seus tamancos de madeira, pregando a doutrina búdica.

verão nas montanhas
peço a estes tamancos proteção
em minha longa jornada

Existia nesta província um templo zen, chamado Unganji. O monge Bucchô costumava viver isolado nas montanhas. Ele me contou certa vez que havia escrito um poema na rocha de sua ermida com um pedaço de carvão, que ele mesmo preparara com o pinheiro da floresta:

pequena ermida
até de ti me desprenderia
se não fosse a chuva

Um grupo de jovens me acompanhou até o templo. Conversamos tão alegremente pelo caminho que nem mesmo percebemos a íngreme rampa.

O templo estava situado num lado da montanha, inteiramente coberto por cedros e pinheiros escuros. A estreita senda arrastava-se pelo vale por entre escarpas de gotejantes musgos, conduzindo-nos aos portões. O ar estava muito frio.

Caminhei por uma escarpada vertente até encontrar uma minúscula cabana, a ermida do monge Buccho. Contemplei-a, erguida numa vasta base rochosa. Sentia-me como se estivesse na ermida do monge Myozen ou do monge Houm, dos quais muito ouvira. Num pilar de madeira escrevi:

Até os pica-paus
deixaram intocada
esta pequena cabana

Deixei meu amigo em Kurobana, e segui caminho até que avistei Seshosseki, a Pedra Assassina, assim denominada por matar pássaros e insetos. Montava um cavalo emprestado por um camponês, que a certo momento pediu-me que fizesse para ele um poema. Seu pedido foi uma agradável surpresa.

meu bom cavalo
retornemos para onde
canta o cuco

Seshosseki estava situada no lado escuro da montanha, junto a uma nascente de água natural, completamente envolvida por um gás venenoso. O chão estava revestido de pilhas de abelhas mortas, borboletas e outros insetos.

Caminhei até o salgueiro celebrado no poema de Saigyo:

solitário salgueiro
projeta sua longa sombra
na cristalina correnteza

Perto do vilarejo de Ashino, havia uma plantação de arroz. Fiquei maravilhado ao ver a magnífica paisagem que rodeava este salgueiro e, pela primeira vez em minha vida, tive a oportunidade de esticar as pernas, e me deitar, sob a sua legendária sombra.

enquanto no arrozal plantam
devaneio sob o salgueiro
sua sombra me desperta

Depois de vários dias de caminhada sentindo certa insegurança e temor alcancei os portões de Shirakawa, marco de fronteira das províncias do norte.

Das três passagens mais importantes para as províncias do norte, estes portões eram os mais conhecidos, e vários poetas por aqui passaram, compondo seus poemas. Caminhei por entre as árvores de espessas folhagens, e o rumor distante do vento de outono penetrava em meus ouvidos, enquanto a paisagem tingia-se ante meus olhos. Centenas ou milhares de flores de "unohana", maravilhosamente brancas, davam a sensação de estarmos caminhando sobre tênue neve recém-caída. Segundo nos conta Kiyosuke, os ancestrais quando por aqui passavam vestiam suas melhores roupas.

no cabelo as flores de unohana
meu traje de gala
passagem do portal

Sora

Em direção ao norte atravessei o rio Abukuma e caminhei pelas altas montanhas de Aizu junto às cidades de Iwaki, Soma e Miharu. Cheguei após pequena caminhada à Lagoa Espelhada, assim denominada por refletir perfeitamente a paisagem circundante. O dia estava nublado, e somente a gaze gris do céu estava sendo refletida por sua polida superfície. Passei alguns dias na casa do poeta Tokyu. Perguntou-me ele o que fizera ao cruzar os portões de Shirakawa. Contei-lhe que não escrevera tantos poemas quanto pretendia, pois ficara completamente extasiado pela maravilhosa paisagem, absorto pelas recordações dos antigos poetas.

Era deplorável cruzar os portões de Shirakawa sem escrever sequer um único poema. Então escrevi:

a caminho do interior
canções do plantio de arroz
meu primeiro contato poético

Utilizando este poema como ponto de partida, compusemos três séries de haikais.

Na periferia da cidade, havia uma grande castanheira e um monge que vivia sob sua sombra. Quando me vi a sua frente, senti como se estivesse em meio às altas montanhas, onde o poeta Saigyo colhia castanhas. Peguei um pedaço de papel e escrevi:

"A castanheira é uma árvore sagrada. O ideograma chinês que a representa é formado pelo ideograma de árvore sob o de Oeste, a direção da terra sagrada. O monge Gyoki dizia que a castanheira o abrigava quando em viagem e em sua casa, cuja coluna mestra era feita com o seu tronco".

aos do mundo profano
floresce incógnita
a castanheira

Após passar pela cidade de Hiwada, cinco milhas distante da casa do poeta Tokiu, caminhei até as famosas colinas de Asaka. Estas colinas possuem numerosas lagoas. Como era na época do florescimento de certas espécies de ervilhacas chamadas "Katsumi", fui procurá-las. Percorri todas as lagoas, perguntando a cada pessoa com que cruzava como poderia encontrá-las.

Em vão, ninguém soube me informar. Então rapidamente, antes que o sol se pusesse, visitei os interiores da caverna de Kurozuka. Passei a noite em Fukushima.

Na manhã seguinte, fui até o vilarejo de Shinobu, para ver a curiosa pedra em cuja rugosa face tingia-se um certo tipo de roupa, com uma técnica chamada "Shinobu-zuri". Encontrei-a no centro da aldeia enterrada na areia. Segundo uma criança com a qual conversei, a pedra estava originalmente fincada no alto da montanha, e como sua estranha propriedade atraísse centenas de forasteiros e curiosos, que ao atravessarem as plantações devastavam-nas, os camponeses resolveram carregá-la até o centro da aldeia, onde está até hoje, virada para baixo.

Penso que esta estória não é de todo inacreditável.

mãos que plantam o arroz
são as mesmas que
outrora tingiam seda

Atravessei a paisagem do Halo Lunar, e cheguei à aldeia de Se-No-Ue. As ruínas da casa do bravo samurai Sato estavam a uma milha e meia da aldeia, no sopé das montanhas. Tomei o rumo da cidade de Iizuka, e alcancei uma colina chamada Maruyama no campo aberto de Sabano. Era o local da casa do conhecido guerreiro. Não pude conter as lágrimas ao ver os portões frontais, ainda eretos, firmemente fincados no sopé da montanha. Ao lado estavam o pequeno templo e as estelas dos irmãos Sato e de suas esposas. Pensei com tristeza no infeliz episódio, em que estas jovens esposas, após terem perdido seus maridos na batalha, vestiram pesadas armaduras a fim de vingá-los.

Sentia-me como se estivesse no Mausoléu-que-Chora, na China. Penetrei no interior do templo, e tomei um pouco de chá. Entre os mágicos tesouros encerrados neste templo, estavam a espada do Samurai Yoshitsune e a mochila que Benkei carregava nas costas.

orgulhosamente expostas
a espada e a mochila
Festival de Maio

Escrevi este poema, celebrando o festival do dia primeiro de maio. Passei a noite em Iizuaka.

Banhei-me numa agradável nascente de água quente, tendo-me antes hospedado num albergue. Minha cama foi preparada sob a tênue luz do fogo, pois não havia lamparina naquela paupérrima estalagem. Uma tempestade precipitou-se sobre nós lá pela meia-noite, e, sob o forte estrondo dos trovões, relâmpagos e da chuva torrencial, atacado severamente por pulgas e mosquitos, não consegui dormir. Além disso, um profundo mal-estar invadiu-me completamente, sentia tonturas e calafrios por todo o corpo.

Aos primeiros indícios da aurora, abandonei rapidamente aquele lugar infernal. Montado num cavalo, a caminho da cidade de Kori, sofri várias pontadas pelo corpo. Estava doente, e por um momento pressenti que algo de terrível poderia me acontecer naquela estrada. Porém, acalmou-me o pensamento de que se morresse na Estreita Trilha ao Confim, seria este fato o sinal da divina providência.

Firmemente, na medida do possível, atravessei os portais de Ôkido, na província de Date. Passando pelos castelos de Abumizuri e Shiroishi, procurei me informar sobre a localização do túmulo do grande poeta Sanekata, da família Fujiwara. Disseram-me que, seguindo o caminho das cidades de Minowa e Kasajima, visíveis ao longe, conseguiria lá chegar. Porém, meu debilitado estado físico e a lamacenta estrada encharcada pelas chuvas da estação impossibilitaram o prosseguimento.

estará distante
a aldeia de Kasajima?
obscura estrada sem fim

Passei a noite em Iwanuma.

Meu coração se encheu de alegria ao contemplar o pinheiro de Takekuma, com os seus simétricos troncos apontados para o céu, exatamente como o descreveram os antigos poetas. Lembrei-me do monge Noin, que, ao visitar pela segunda vez este local, encontrou dificuldade em localizar o pinheiro, achando-o finalmente derrubado na água do rio Natori, servindo de estaca para uma ponte, por ordem do recém-empossado governador da província. Este pinheiro, durante séculos, tinha sido várias vezes cortado e replantado. Porém, ao vê-lo agora, percebo que mostra a mais bela forma já apresentada, num período de mais de mil anos. A mais maravilhosa imagem que se possa ter de um pinheiro. O poeta Kyohahu escrevera, por ocasião de minha partida, este haikai:

mestre, não deixe de ver
o pinheiro de Takekuma
tardias cerejeiras em flor

O poema seguinte, que escrevi, não é senão sua réplica:

das cerejeiras em flor
ao pinheiro de dois troncos
três meses se passaram

Cruzei o rio Natori, e encontrei a cidade de Sendai no dia quatro de maio, quando tradicionalmente se comemora o Festival dos Meninos, colocando nos telhados das casas folhas de íris e rezando, pedindo aos deuses boa saúde. Nesta cidade, morava um pintor chamado Kaemon. Era um homem de extraordinária sensibilidade artística. Levou-me a vários lugares interessantes: primeiro caminhamos até a planície de Miyagino, onde campos de arbustos esperavam o outono para florescer. As colinas de Tamada, Yokono e Tsutsuji-ga-oca estavam inteiramente cobertas por milhares de brancas azaleias. Penetramos na misteriosa floresta de pinheiros chamada Kinoshita, tão espessa que nem os raios de sol a penetravam. Este local, um dos pontos mais escuros sobre a face da terra, também é suscetível à inspiração poética, principalmente por seu sereno orvalho. Um poeta contou-me, certa vez, que seu mestre precisava usar um guarda-chuva quando ali entrava. Estivemos também nos templos de Yakushido e Tenjin.

Ao nos despedirmos, o pintor Kaemon me entregou vários de seus desenhos, que retratavam as paisagens de Matsushima e de Shiogama, e dois pares de sandálias de palha, com tiras tingidas de azul, do intenso e profundo azul das íris, revelando nestes detalhes sua maravilhosa sensibilidade visual.

> flores de íris
> nas sandálias enlaço
> talismã na jornada

Orientando-me pelos desenhos de Kaemon, que utilizava como mapa, segui caminho pela Trilha Estreita ao Confim, que serpenteante arrastava-se pelas colinas. Cheguei a um local, onde altos juncos cresciam em espaçosos agrupamentos. Eram os famosos juncos de Tofu, celebrados pela poesia clássica. Os habitantes desta região têm o costume de oferecer, todos os anos, esteiras trançadas ao governador da província.

Encontrei, aqui, o grande monumento de pedra, o Tsubo-no-ishibumi, situado no antigo terreno do castelo de Taga, na aldeia de Ichikawa. Sob a densa camada de musgo, ainda estavam legíveis suas inscrições, entalhadas havia séculos sobre a pedra. Junto aos números relativos às distâncias entre as cidades de várias províncias, podiam-se ler as seguintes palavras:

"Esse castelo foi construído no ano primeiro da época Jinki, pelo general Ohno-no-Ahsen-Azumabito, enviado às províncias do Norte, por Sua Majestade, e reformado no ano sexto da época Tempyohoji pelo Conselheiro de Sua Majestade e pelo general Emi-no-Ahson-Asakari, Governador das províncias do Leste e do Norte."

Segundo estas inscrições o monumento foi erigido durante o governo do imperador Shomu e, atravessando os séculos, recebe a visita dos poetas que por aqui passam. Neste movente mundo, onde altas montanhas fragmentam-se em grandes terremotos, caudalosos rios desviam seus cursos, movimentadas estradas tornam-se desertas, rochas são tragadas pela terra, ilhas submergem entre imensas explosões vulcânicas, é um verdadeiro milagre que este monumento de pedra tenha sobrevivido intacto durante mais de mil anos, revivendo há séculos a memória dos ancestrais.

Sentia-me como se estivesse na presença desses antiquíssimos ancestrais e, num rodopio de imagens, continuei meu longo caminho.

Sentei-me por um momento às margens do rio Noda-no-Tamagawa, a fim de ver a grande rocha de Oki-no-ishi.

Prossegui através da profunda floresta de pinheiros de Sue-no-matsuyama, onde encontrei o templo de Masshozan mergulhado em profundo silêncio, imerso no aroma silvestre da tênue brisa.

Observei as lápides espalhadas por entre as árvores, misteriosa visão.

Ao chegar à cidade de Shiogama, ouvi ao longe o soar de um sino. O céu estava escuro, curiosamente turvado por espessas nuvens cinzentas. Não muito longe da costa, avistava-se claramente delineada, a silhueta da ilha de Nagaki-ga-shima sob a luz do prateado luar.

As vociferantes vozes dos pescadores ressoavam mesclando-se ao barulho do mar. Sentia um pouco de solidão.

Ao anoitecer, senti a oportunidade de ouvir um músico cego tocar seu instrumento de corda e declamar o Okujokuri. Suas canções eram bem diferentes das músicas tradicionais de HeiKyoku ou das de Kokaurimai. Confesso que suas canções pareceram-me a princípio um tanto rudes, porém como conservavam o sabor rústico do passado acabei por apreciar suas estridentes harmonias.[3]

Na manhã seguinte, fui prestar minha homenagem à divindade do templo Myojin de Shiogama. Este santuário foi reconstruído pelo governador da província com imponentes colunas, vigas pintadas e uma impressionante passagem de pedra. O sol da manhã brilhava sobre suas rubras cercas, que maravilhosamente reluziam. Impressionante como o grande poder dos deuses havia

---

[3] A derradeira pintura da série *Os 10 Touros Zen* representa o iniciado desperto, transmitindo o dharma (doutrina) a um pescador, cantando as canções dos aldeões.

penetrado profundamente nestas províncias, situadas no extremo norte do país.

Reverenciei-me diante do altar, e ao sair observei uma antiga lanterna suspensa sob o portal do templo. Segundo uma inscrição, datava do ano terceiro da época de Bunji, e era dedicada a Izumino-Saburo. Meu pensamento reportou-se imediatamente a quinhentos anos antes época deste leal e valoroso guerreiro.

Era quase meio-dia quando deixei o templo. Peguei um barco e me dirigi às ilhas de Matsushima. Após navegar duas milhas ou mais através do mar encrespado, desembarquei na arenosa praia da ilha de Ojima.

Muito se tem falado sobre as maravilhas destas ilhas e, se fosse possível falar mais, gostaria de dizer que este é o lugar mais belo do país, e nada deixa a dever dos lagos Dotei e Seiko, na China.

As ilhas estão situadas no interior de uma grande baía de três milhas de largura que, como uma imensa concha, liga-se ao mar aberto por intermédio de uma estreita passagem, no seu lado sudeste.

Como o rio Seiko, na China, esta imensa baía enche-se com a maré. Numerosas ilhas espalham-se por sua orla. Altas formações rochosas apontam para o céu como dedos de pedra imergindo da água. Outras alongam-se planas, e curiosos agrupamentos de ilhas se sucedem como um bando de crianças conduzidas por seus pais caminhando de mãos dadas. Os pinheiros são de um verde profundo, e seus galhos curvam-se em bizarros desenhos, numa impressionante coreografia de linhas moduladas pela contínua brisa do mar. Espetáculo apenas comparável ao de uma formosa dama. Quem poderia ter criado esta maravilha senão o grande artífice da natureza? Meu pincel tenta aqui em vão descrever esta soberba criação.

A ilha de Ojima era na realidade uma imensa península que se projetava sobre o mar aberto. Neste lugar existe ainda a pedra sobre a qual o monge Ungo meditava. Pequenas cabanas de palha perfilavam-se por entre os pinheiros, e uma tênue fumaça azulada delas exalava. Gostaria de saber que tipo de pessoas havia em seus interiores, e já me aproximava de uma delas, quando fui surpreendido pela rósea lua resplandecendo sobre a escuridão do mar. Voltei a pequena estalagem suspensa no alto da montanha, onde se avistava toda a baía. Sentei-me na cama e, através das janelas abertas sob o murmurar do vento, contemplei extasiado o movimento das prateadas arquiteturas formadas pelas nuvens. Sentia-me como se estivesse em outro mundo.

Sora compôs este haikai:

para alcançar Matsushima
tome as asas do grou
pequeno cuco cantor
Sora

Tentei em vão dormir. Estava realmente maravilhado. Peguei meu caderno de apontamentos e comecei a ler os poemas que meus amigos fizeram por ocasião de minha partida. Um poema chinês de Sodo, um waka feito por Hara Anteki, e um haikai de Sampu e Jokushi. Era tudo o que havia anotado sobre as ilhas de Matsushima. Fui até o templo de Zuiganji. Este santuário fora fundado por Makabe-no-Heishiro, após ter se tornado monge e voltado da China. Posteriormente, o templo tinha sido ampliado pelo Monge Ungo, que o transformara numa maciça construção de sete saguões adornados de ouro. O monge que ali encontrei, era o trigésimo segundo descendente do fundador. Gostaria de saber onde poderia estar situado o templo que tanto maravilhara o monge Kenbutsu.

Deixei Hiraizumi no dia seguinte e segui caminho. Queria ver o pinheiro Aneha e a ponte de Odae. Caminhei por uma solitária senda que se arrastava pela montanha, trilhada apenas por caçadores e pica-paus. Por descuido me perdi e fui parar nos portões de Ishinomaki. Este portal estava localizado numa grande baía, que circundava a ilha de Kinkazan. Nesta ilha, encontrava-se uma antiga mina de ouro, celebrada pelos poetas como "florada de ouro". Centenas de navios, grandes e pequenos, estavam ancorados no porto e finas colunas de fumaça exalavam das casas que se comprimiam pela praia.

Tratei logo de procurar um lugar agradável para passar a noite; porém, curiosamente, ninguém me ofereceu hospedagem. Somente após muito procurar encontrei uma casa de miserável aspecto onde pousei. Na manhã seguinte, peguei novamente a estrada, que me parecia totalmente estranha. Pela trilha de Sode, avistava-se, a colina de Obuchi e o pântano de Mano. Percorri uma longa vereda aterrada sobre o leito de um rio. Passando por Nagonuma e Toima, cheguei a Hiraizumi após vinte milhas de caminhada.

Neste lugar, permanecia a glória de três gerações da família Fujiwara, que passaram como um rápido sonho. Ao longe avistavam-se as ruínas do portão principal da mansão de Hidehira. Da antiga e majestosa construção restavam apenas algumas pedras, semeadas no imenso arrozal. Somente o solitário monte Kinkei, imune ao tempo, conservara sua forma original. Caminhei até a colina de Takadati, onde tombou o senhor Yoshitsune. Vi o rio Kitakami fluindo pelas planícies de Nambu, e seu principal afluente, o Koromogawa, ventante, através dos campos de Isumi-ga-Jo. As ruínas do antigo templo Yasuhira, estavam localizadas ao norte dos portões da muralha de Koromo-ga-Seki, que bloqueavam a entrada de Nambu, a fim de evitar a entrada das perigosas hordas provenientes do norte.

Estas ruínas lembravam grandes feitos de bravura de três gerações. Porém, os autores destas proezas já havia muito estavam mortos. Esquecidos na veladura do gázeo passado. Junto às ruínas, apenas os rios e as montanhas. Fragmentos de memórias, pedras do antigo castelo entre as ervas da primavera.

relvas de verão
rastros de sonhos
dos antigos guerreiros

branca cabeleira de Kanefusa
vagueando por entre
brancas flores de Unohana

Entrei no interior de Kiodo e Hikarido, dois templos cuja maravilha havia muito ouvira falar. No compartimento da biblioteca dos Sutras, encontravam-se as estátuas dos três nobres, Kyoshira, Motoshira, Hideshira, que governaram esta região. Na cripta, também conhecida como "Templo de Ouro", jaziam seus corpos sob três imagens sagradas.

Estas construções deveriam ter sido destruídas como as demais, tragadas pelo musgo e pelas ervas, tendo seus tesouros roubados, seus portões incrustados de pedras preciosas derrubados, seus pilares de ouro arrebatados, e seus sagrados interiores profanados. Porém, graças às suas sólidas estruturas arquitetônicas, fortemente protegidas por espessas telhas de pedra, estes templos conseguiram resistir à erosão dos milênios.

até as chuvas de maio
deixaram intocado
o reluzente templo

Novamente na estrada, com destino às províncias de Nambu, cheguei à aldeia de Iwate, onde dormi. No dia seguinte, percorri o cabo de Oguro, de onde se avistava a pequena ilha de Mizu, em meio à correnteza do rio. Voltando pelo caminho de Narugo, alcancei os portões de Shitomae, que austeramente bloqueavam as entradas da província de Dewa. Os porteiros eram muito desconfiados, pois raríssimos eram os viajantes nestas estradas.

Depois de longa espera permitiram a passagem para a província de Dewa. Como a noite caiu quando começava a escalar a montanha, dormi tranquilamente na casa de um dos porteiros. Uma tempestade desabou sobre nós e tive de esperar mais três dias até que a estrada apresentasse condições de segurança para prosseguir na jornada.

entre pulgas e piolhos
recostado no travesseiro
ouvia os cavalos mijarem

Segundo o porteiro as montanhas eram íngremes e escarpadas e a estrada estava em péssimas condições. Sugeriu-me que contratasse um guia e não tardou em arranjar um. Este conhecia bem a estrada e caminhava a minha frente com uma espada na cintura empunhando firmemente um cajado. As rochas eram espessas e pontiagudas, a densa vegetação cobria completamente as montanhas, onde o silêncio não era quebrado nem pelo canto de pássaro. O vento parecia rajar negras lufadas de fuligem através das fendas das plúmbeas nuvens, suspensas na escuridão do crepúsculo. Depois de cruzarmos inúmeros córregos e rios, e tropeçarmos em traiçoeiras pedras, chegamos finalmente à aldeia de Mogami. Meu guia congratulou-me pela sorte de chegar ileso ao fim daquela perigosa jornada. Segundo seu relato, os acidentes eram frequentes e muitos haviam perdido a vida naquelas paragens. Agradeci profundamente sua ajuda e nos despedimos.

Procurei Seifu, na cidade de Obanazawa. Era um rico mercador, e possuía grande sensibilidade poética. Conhecia profundamente os caminhos, inveterado viajante que era. Hospedou-me, empenhando-se em deixar-me o mais confortável possível.

descanso tranquilo
na suave morada
do cristalino ar

Sora

mostra-me sua face
solitária voz do sapo
entre as árvores dos casulos

Sora

Beni flor carmim
lembra o pincel
de sobrancelhas

Sora

cultores de casulos
teriam a mesma aparência
de seus antigos ancestrais?

Sora

Existia um templo na província de Yamagata. Era conhecido como Ryushakuji e tinha sido fundado pelo monge Jikaku. Este templo havia ficado famoso por sua absoluta tranquilidade e o seu sagrado silêncio. Alterei meu caminho em Obanasawa, e caminhei sete milhas a fim de conhecê-lo.

Alcancei-o quando o sol se pondo tingia a paisagem com os seus raios rosalaranjados. As montanhas eram forjadas em maciças formações rochosas, cobertas por centenários ciprestes e carvalhos. As rochas coloridas pela eternidade eram pontilhadas pelas tapeçarias de verdes musgos. Os portais do templo, embutido nas rochas, barravam todos os ruídos e, em seus interiores o silêncio abissal, mudo, reverberava.

silêncio profundo
o sibilo da cigarra
perfura as rochas

Pensei em descer o rio Mogami, navegando num pequeno barco, porém enquanto esperava por bom tempo, que permitisse tal travessia, notei que os habitantes dessa região praticavam a arte tradicional do verso que desde os tempos antigos havia chegado a estas distantes províncias. Porém, estes poetas locais encontravam-se no momento meio que perdidos, pois nesta emaranhada selva da linguagem haviam surgido dúvidas quanto a escolher entre os modos tradicionais da versificação e as novas formas do poema moderno. E isto por não haver entre eles um mestre de haikai adequado. Para mim foi uma grande honra ser convidado a ajudá-los. Sentamos juntos e, então, escrevemos uma série inteira de poemas. Fora uma grande experiência e uma curiosa possibilidade de deixar as sementes de meu próprio estilo nestas longínquas paragens.

O rio Mogami nasce nas altas montanhas do distante norte e, em seu alto curso, desliza através da província de Yamagata. Apresenta vários pontos turbulentos e perigosos para os navegadores, como, por exemplo, as "Pedras Malhadas" e os saltos, como o de "Águia", dispostos como os peões do jogo de Go.

Deságua no mar em Sakata, após contornar o monte Itajiki. Naveguei pelo rio Mogami num pequeno barco. Sentia como se as montanhas, estivessem despencando sobre mim nos estreitos desfiladeiros. A correnteza impulsionava o pequeno barco (do tipo que os camponeses usam para transportar arroz), que deslizava turbulento pelos tortuosos desenhos das espumas, traçados sobre a superfície cristalina das águas. Contemplei a Cascata Fio Branco, que alva precipitava-se por entre o verde iridescente das folhagens. O rio descia turbilhonante, e o pequeno barco oscilava, jogando para todos os lados em constante perigo.

> recolhendo as chuvas de maio
> escorre o rio Mogami
> turbulentas correntezas

Alcancei o monte Haguro no dia três de junho. Graças aos esforços de meu amigo Zushi Sakishi, que ali encontrei, obtive uma audiência com o monge Ekaku, que presidia o templo daquela montanha. Fui recebido alegremente, e ele me ofereceu um confortável alojamento no Vale Sul. No dia seguinte, reunimo-nos no templo Nyaukuo para compor poemas.

Meu haikai foi:

> obrigado vale do sol!
> suspenso na brisa
> perfume da neve

Visitei o templo Gongen de Haguro no dia cinco. O fundador desse Santuário tinha sido o monge Nojo, porém ninguém soube-me dizer, ao certo, a época em que ele vivera. *O Livro das Cerimônias da Corte e dos Ritos do Período Engi* menciona uma ermida sagrada, situada no monte Ushusato, na província de Dawa. O escriba que anotou este fato deve provavelmente ter escrito Sato, pois os dois ideogramas chineses são muito semelhantes na descrição destes sons. O atual nome desta montanha, "Haguro", é provavelmente a forma abreviada de "monte Kuro na província de Dewa". Segundo um livro de História da Província, o nome desta região deriva do fato de que, anualmente, eram enviadas ao imperador grandes quantidades de plumas como tributo. O monte Haguro e os montes Gassan e Yudono são conhecidos como os três mais sagrados da província de Dawa. Aqui, a Doutrina da Meditação Absoluta, pregada pela seita Tendai, reluz como os argênteos raios da luz lunar, e as Leis de Libertação Espiritual e da Iluminação são praticadas por monges nos rituais religiosos, dentro da maior severidade. Esta montanha está imersa na miraculosa inspiração. Esta glória sobreviverá enquanto o homem existir sobre a face da Terra.

Escalei o monte Gassan no dia oito. Gassan é conhecido como o "monte da Lua". Coloquei ao redor de meu pescoço um colar feito de papel branco e sobre minha cabeça um capuz de alvo algodão. Depois de galgar mais de oito milhas através da névoa, respirando o rarefeito ar das grandes altitudes, caminhei pelo gelo e pela brancura das neves eternas até o último portal das nuvens, na senda do sol e da lua. Arfante e gelado alcancei o cume. O sol acabara de se pôr, e a rósea lua clariperfeita no céu brilhava. Juntei algumas folhas no chão e dormi. Quando na manhã seguinte o sol surgiu luminoso, dispersando as nuvens, comecei minha caminhada de volta, rumo ao monte Yudono.

Ao descer, observei uma pequena casa situada à direita de um deslizante córrego. Segundo meu guia, tratava-se de Gassan, o famoso construtor de espadas de aço, que possuía uma técnica secreta de temperar o metal nas cristalinas águas daquele riacho. Sua devoção ao trabalho e o seu conhecimento da magia de retirar o poder latente da água o tornaram famoso, sendo suas espadas afanadas e procuradas por viajantes de distantes regiões. Poder similar é encontrado nos artesãos ferreiros chineses da região de Ryosen, na China. Cabe aqui citar a estória de Kan-sho e sua esposa, Bakuya, que nos ensina que nada pode ser feito sem dedicação profunda, seja lá o que for. Refletindo sobre isso, observei à minha frente uma linda cerejeira começando a florescer, após resistir bravamente por mais de meio ano de pesadas nevadas. Imediatamente pensei no famoso poeta chinês da "ameixeira sob o escaldante sol de verão" e o igualmente patético poema do monge Gyoson. Ao retornar ao meu alojamento, o monge Egaku me pediu que compusesse versos que traduzissem as minhas impressões recolhidas naquelas sagradas montanhas.

ah! o frescor
gázea lua crescente
sobre o monte Haguro

quantas colunas de nuvens
fluíram e fluíram
junto à rósea lua?

impronunciáveis palavras sagradas
do monte Yudono
lágrimas silentes

Sora, maravilhado, escreveu:

lacrimejante caminho
pela sagrada trilha
do monte Yudono

Deixei o monte Haguro no dia seguinte, e me dirigi ao castelo de Tsuru-ga-Oka, onde fui calorosamente recebido pelo bravo guerreiro Nagayama Shigeyuki, e com ele e Zuchi Sakiti compus uma série de poemas. Novamente num pequeno barco, deslizei pelas violentas águas do Mogami até o porto de Sagata, onde me avistei com o médico Fugyoku.

envolto pelo monte Atsumi
e a praia de Fukura
ah! brisa do entardecer

rio Mogami
ao desaguar no mar
imerge o sol flamejante

Tenho visto em minhas viagens muitas belezas naturais, montanhas e rios harmonizando-se em incríveis formações. Porém, não havia visto nada tão sutil e musical como a maravilha de Kisagata, uma laguna situada a nordeste de Sakata. Segui uma estreita picada por aproximadamente dez milhas, atravessando formações rochosas, colinas escarpadas e arenosas praias. O sol já estava tangenciando a linha do horizonte, quando um forte vento começou a soprar do mar, pulverizando nuvens de grãos de areia, e tornando completamente invisível o monte Chokai. Caminhei num estado de semicegueira, até alcançar uma cabana de pescador. Observando a paisagem, imaginei que, se já era possível notar muita beleza naquela laguna fustigada pela escura chuva, quão bela não seria ela brilhando sob o céu azul?

Um maravilhoso sol me saudou pela manhã. Num pequeno barco, as cintilações luminosas do sol brilhavam douradas sobre as águas. Após navegar por algum tempo, cheguei a uma pequena ilha, famosa por ter sido o local de meditação do monge Noin, e pelo fato de lá se encontrar a antiga cerejeira, celebrada no conhecido poema de Saigyo.

Lá estava também o mausoléu da Imperatriz Jinju e o templo Kanmanjuji. Do salão deste templo, contemplava-se uma panorâmica vista da laguna. No momento em que foram erguidas as cortinas, uma surpreendente visão desvelou-se ante meus olhos. O monte Chokai como um grande pilar suportava o céu refletido no polido espelho das águas da laguna. Os portais de Muyamuya eram vistos a oeste, a estrada de pedra sem fim, a leste, e finalmente Shiogoshi ao norte, onde brancas ondas do mar demarcavam a entrada da laguna. Embora perto de Matsushima, esta laguna não lhe fica atrás em graça ou beleza, existe uma diferença fundamental entre ambas: Matsushima possui uma jovial e sorridente beleza, enquanto o charme de Kisagata reside em seu rosto triste e introspectivo. Kisagata parece expressar solidão e o sentimento da perda de um grande amor.

flores de nebu
sob a chuva de Kisagata
lembram a bela Seishi

grous na praia deserta
molham as longas pernas
na fresca maré de Shiogoshi

ah! Kisagata
que degustarão os visitantes
no festival das divindades?

Sora

tranquilos os pescadores
contemplam nas varandas
o suave anoitecer

Teiji

o mar não atinge
o ninho dos pássaros
teriam eles combinado?

Sora

Seriam mais de trinta milhas até a capital da província de Kaga. Em meio ao convívio com as pessoas de Sahata, observei as nuvens que se acumulavam sobre as montanhas da estrada de Hokuriku. O pensamento da grande distância que me aguardava inquietou-me o coração. Entrei na província de Echigo através do portal de Nezu e, após muito andar, alcancei os de Ichiburi na província de Ecchu. Durante estes nove dias de viagem, não escrevi muito, pois entre o calor intenso e forte chuva, acabei por adoecer.

por uma noite
a tecelã encontra
seu cintilante amado

rumo à ilha de Sado
sobre o mar revolto
a Via Láctea

Exausto, após cruzar inúmeros lugares perigosos, abruptas escarpas furiosamente fustigadas pelo mar, locais com nomes que, por si, já expressam o horrível clima da região: "Filhos abandonados pelos pais", "Pais abandonados pelos filhos", "Cão repudiado", "Cavalo repelente", deitei-me cedo, logo após ter cruzado os portais de Ichiburi.

Já estava quase adormecendo quando ouvi as sussurrantes vozes de duas mulheres, no quarto ao lado. Pela conversa, percebi que eram cortesãs de Niigata, província de Echigo. Ouvi com simpatia as palavras daquelas mulheres, cujas vidas eram fluidas como as brancas ondas que deslizam pelas praias, tendo de arranjar um companheiro a cada noite.

Na manhã seguinte as encontrei na estrada. Vieram ao meu encontro e, lacrimejantes, disseram-me: — Somos viajantes completamente estranhas nestas paragens, poderíamos segui-lo?

Se és monge como o diz teu negro traje, conduz-nos às portas de tua sabedoria:

— Sinto-me profundamente sensibilizado — respondi — porém terei de parar em muitos lugares. Mas existem por certo inúmeros viajantes percorrendo esta Grande Via e, se nela acreditarem firmemente, jamais perderão a proteção divina.

sob o mesmo teto
com a lua e os trevos
as cortesãs e eu

Assim que recitei este poema a Sora, ele imediatamente o anotou em seu diário.

Cruzando os quarenta e oito saltos do rio Kurube e inúmeras perigosas correntezas, cheguei à aldeia de Nago. Lá estavam as famosas glicínias de Tako, celebradas no poema de Manyôshu. Estava ansioso por ver seus matizes de cores neste fim de outono, mesmo sabendo que sua época de floração é a primavera. Perguntando a um aldeão a localização destas maravilhosas glicínias, respondeu-me ele que estavam além das montanhas a cinco milhas da costa e que naquele lugar não havia nenhuma cabana de pescador ou camponês onde se abrigar. Desencorajado por estas palavras, segui caminhada para a província de Kaga.

> por entre a fragrância
> caminhei pelos arrozais
> mar revolto de Ariso

Através das montanhas de Onohana e dos vales de Kurikara, cheguei à cidade de Kanazawa em quinze de julho. Lá me avistei com um mercador e também poeta chamado Kasho de Osaka, que me hospedou em sua casa.

Nesta cidade havia outro poeta, Issho, que, por seus belíssimos versos, tornara-se conhecido pelos escritores contemporâneos. Porém, ao visitá-lo, recebi a triste notícia de que ele falecera subitamente no último inverno[4].

---

[4] Poema escrito por Kasho em sua memória: vento de outono / no luminoso lótus / minha morada.

Sob sua cripta, com tênues ideogramas escrevi:

vento de outono
esparge sobre a estela
meu profundo lamento

Numa ermida:

brisa fria de outono
descascamos e degustamos
melões e beringelas

Numa estrada:

sol ardente
apesar do vento
de outono

Num lugar chamado Komatsu:

leve brisa
leve pinheiro
trevos e juncos

Em Komatsu entrei no templo de Tada. Observei cuidadosamente um antigo elmo, que pertencera ao Senhor Sanemori, bem como a roupa que usava sob a armadura. Segundo a lenda, estes objetos que foram apresentados pelo Senhor Yoshitomo na época em que estava a serviço dos Minamoto. O elmo era esplêndido, com arabescos de ouro de linhas entrelaçadas cobrindo seu visor e com um feérico dragão que formava sua parte superior, ladeado por dois chifres curvos que apontavam para o céu. Após a morte heroica de Sanemori, Kiso-no-Yoshinaka enviou Higuchi-no-Jiro como portador destas relíquias que aqui estão.

sibila o grilo
na escura cavidade
de um velho elmo

Por todo o trajeto em direção às termas de Yamanaka, o cume nevado do monte Shirane acompanhou-me. Cheguei até um templo construído em honra à deusa Kan-on pelo imperador Kazan, que, ao terminar sua peregrinação pelos trinta e três templos sagrados, denominou este monastério de Nata, nome composto por Nachi e Tanigumi, nomes do primeiro e do último templo visitado. Pedras multiformes dispunham-se harmonicamente por entre o bosque de antigos pinheiros, e a deusa estava colocada dentro de um santuário sobre uma grande pedra. Uma maravilhosa vista rodeava este templo.

mais branco
que a branca montanha
o vento de outono

Banhei-me nas tépidas águas da fonte de Yamanaka. Estas águas têm a reputação de serem terapêuticas.

fragrância das águas
melhor que o perfume
do crisântemo

O dono da estalagem em que estava hospedado era um jovem chamado Kumenosuke. Seu pai fora poeta, e se conta uma curiosa estória sobre ele:

Um dia chegou a esta estalagem um jovem Teishitsu, que mais tarde se tornaria o famoso poeta de Kioto; porém, nesta ocasião, não passava de um jovem desconhecido. Teishitsu fora humilhado pelo pai de Kumenosuke, devido a sua ignorância a respeito da poesia. O jovem Teishitsu, cabisbaixo deixou a cidade e tornou-se discípulo do poeta Teitoku, e não abandonou seus estudos até se tornar um dos maiores poetas conhecidos. Sabe-se que Teishitsu instruiu-se na arte da poesia sem receber influência de ninguém desta cidade, mas esta é uma velha estória...

Sora, meu companheiro, foi acometido de uma súbita e intensa dor, e decidiu partir imediatamente para

Nagashima, onde moravam seus parentes. Ao se despedir, escreveu:

após andar e andar
gratificante morte
se nos campos de trevos

Senti profundamente sua partida e escrevi:

o orvalho há de apagar
a insígnia em meu chapéu
"jornada a dois"

Passei a noite no templo Zenshoji, nas imediações do castelo Daishoji, ainda na província de Kaga. Sora havia lá se hospedado na noite anterior, e deixara escrito o seguinte poema:

por toda a noite escutei
o vento de outono
profundo uivante

Sora e eu estávamos separados apenas por uma noite, porém era como se estivéssemos a milhares de milhas um do outro. Deitei-me, e adormeci sob as mesmas modulações contínuas do vento de outono. Com o canto dos monges acordei pela manhã, e o soar profundo do gongo de bronze chamou-nos para o desjejum. Estava ansioso por conhecer as paisagens da província de Echizen, e deixei o templo sem demora. Porém, ao cruzar os portais, um jovem monge correu ao meu encontro carregando papel e tinta e gentilmente pediu-me que escrevesse um poema. Nesse instante uma lufada de vento varreu repentinamente as folhas do salgueiro que se esparramavam pelo jardim. Então escrevi:

caem folhas do salgueiro
desejaria varrer o jardim
antes de partir

Aluguei um barco no Porto de Yoshizaki, situado na fronteira das províncias de Echizen e Kaga. Estava com muita vontade de conhecer o famoso pinheiro de Shiogoshi, celebrado no belíssimo poema de Saiygo.

o vento movente modula
cristálidas vagas do mar
o pinheiro de Shiogoshi
brilhantes gotas de luar

Escrever outro poema sobre este pinheiro seria o mesmo que tentar acrescentar um sexto dedo à mão.

Visitei o templo de Tenryuji, na cidade de Matsuoka. O monge que o presidia era um velho amigo meu. Um poeta, chamado Hokushi, acompanhou-me até Kanazawa. Disse-me ele que nunca imaginaria, ao tomar o errante caminho, que chegaria até estas distantes regiões.

Compusemos várias séries de versos, percorrendo as maravilhosas paisagens deste caminho. Ao nos despedir, escrevi-lhe o seguinte poema:

verso de adeus
rabisco no velho leque
sinais de separação

Após caminhar mais de uma milha alcancei o templo de Eiheiji. A escolha deste lugar para construção fora realmente providencial, feita pelo mestre Dogen, seu fundador.

Deixei o templo rumo a cidade de Fukui. Por uma trilha escura e brumosa, caminhei cuidadosamente por várias milhas. Ao chegar fui procurar um velho amigo que lá residia, o poeta Tosai. Não o via há mais de dez anos e, devido à sua avançada idade, não sabia se o encontraria vivo. Um transeunte me informou a localização de sua casa, que facilmente encontrei. Era uma pequena choupana, cercada por salgueiros e rastejantes cabaceiras.

Uma mulher atendeu à porta, e me perguntou se era monge e de onde vinha. Informou-me posteriormente que Tosai fora para a casa de um conhecido, na cidade, e o melhor a fazer seria procurá-lo, pois ele chegaria tarde. Esta mulher era provavelmente a sua esposa, e, por um instante, pareceu-me estar revivendo um dos episódios do antigo livro, *O Príncipe Genji*.

Encontrei-o e juntos passamos agradáveis momentos, rememorando fatos passados. Três dias depois partimos, para ver a lua cheia de outono, na cidade de Tsuruga.

O branco cume do monte Shirane desapareceu de nossa vista, tão logo surgiu à nossa frente o majestoso monte Hina. Cruzamos a ponte de Assamizu e contemplamos os famosos juncos de Tama-e. Atravessando os portais de Uguisu e o desfiladeiro de Yuno-o, chegamos ao castelo de Hyuchi. Ouvimos no monte Kaeru os estridentes patos selvagens. No entardecer do dia catorze alcançamos finalmente o porto da cidade de Tsuruga. Ela cintilava iridescente, sob a argêntea luz da lua, suspensa no constelado céu de outono. Comentei com Tosai que gostaria muito que o céu estivesse assim no dia seguinte, pois seria espetacular o nascimento da lua cheia, sob a transparência daquele cristalino firmamento. Tosai respondeu-me que o tempo naquelas províncias era tão mutável e imprevisível, que nem com sua larga experiência poderia afirmar com certeza como estaria ele no dia seguinte. Após muito conversarmos tomando saquê, fomos visitar o templo Myojin em Kei, construído em memória do imperador Chuai. O templo estava mergulhado no profundo silêncio da noite, e o disco da lua cheia brilhava através dos pinheiros, sobre a alvíssima areia em frente ao altar. O branco daquela areia sob os raios lunares era tão intenso que lembrava a neve da manhã. Segundo me relatou Tosai, fora o monge Yugyo que, com suas próprias mãos, construíra o caminho de pedra para facilitar a caminhada dos peregrinos, além de limpar o mato, e secar um pântano que rodeava o templo. Em memória desse piedoso monge, gerou-se o costume de depositar um punhado de areia branca em frente do altar, a cada visita. Esta cerimônia é chamada de "Oferenda da Areia de Yugyo".

a lua cheia brilhava
divinamente pura
sobre a areia de Yugyo

No dia seguinte choveu, como de certa maneira Tosai profetizara.

nuvemovente céu
me impediu contemplar
a lua cheia de outono

No dia dezesseis parti rumo à Praia Colorida, conhecida por ser inteiramente coberta por róseas conchas. Naveguei tranquilamente por mais de sete milhas, e o vento soprava suavemente a nosso favor. Um marinheiro chamado Tenya, me ofereceu durante a viagem comida e bebida. Na praia, dispunham-se algumas choupanas de pescadores e um pequeno templo da seita Lótus. Descansei no templo tomando chá quente e saquê, inteiramente imerso na profunda solidão daquela paisagem.

mais melancólico
que a praia de Suma
o fim de outono

conchinhas e pétalas
dançando misturadas
rolando nas ondas

Pedi a Tosai que escrevesse suas impressões sobre tudo o que ocorrera durante aquele dia, que então foram depositadas no templo como oferenda.

Rotsu levou-me ao porto de Tsuruga e acabou por me acompanhar até a província de Mino.

Ao entrarmos na cidade de Ogaki meu amigo Sora juntou-se a nós. Estava voltando de Ise e, reunindo-nos também à Etsujin, fomos à casa de Joco, onde encontramos Zensen, Keiko, seus filhos, e muitos outros velhos amigos que chegavam um após o outro. Estavam todos contentes com a minha inesperada chegada.

Em seis de setembro, parti rumo ao santuário de Ise. Embora a fadiga da longa jornada ainda me acompanhasse, estava ansioso por conhecer aquele luminoso templo. No barco, novamente ao alegre sabor das cristalinas correntezas escrevi:

como as valvas do marisco
que se separam em maio
adeus, amigos, sigo através!

A trilha errante do Haikai

Alberto Marsicano

A primeira referência do haikai no Ocidente surge em 1905 numa antologia de poesia clássica japonesa traduzida para o francês por Julian Vacance, que cinco anos depois publicaria alguns poemas desse gênero em Cent Visions de Guerre:

Sur son chariot mal graissé
L'obus très haut, pas pressé
Au-dessus de nous a passé

Sobre seu carro rangente
O obus bem alto, sem pressa
Passou acima de nós

Como um ninja da linguagem o pequeno haikai se infiltraria pelo mundo influenciando poetas de todas as partes. Em 1920 a importante revista literária Nouvelle

Revue Française *dedicaria um de seus números a este tipo de poema, apresentando dezenas de novos haikaistas franceses:*

Le ciel noir
Les nez rouges,
Et la neige

O céu negro
Os narizes rubros
E a neve

Oscar Wilde no ano de 1900, entediado com o horrível papel de parede que ornava seu quarto num pequeno hotel de Paris, legou-nos um insólito haikai na véspera de sua morte:

este papel de parede
ou ele se vai
ou eu me vou

Mas a publicação pioneira em língua inglesa seria o ensaio "Basho and Japonese Poetical Epigram" editado simultaneamente em Londres e Tóquio em 1910 por Basil Hall Chamberlain. Ezra Pound escreverá o antológico poema "In a Station of the Metro" em 1913 inspirado

em Basho, tendência orientalista que seria aprofundada
posteriormente nos seus The Cantos

IN A STATION OF THE METRO
The apparition of these faces in the crowd
Petals on a wet, black bough

NUMA ESTAÇÃO DE METRO
A aparição destas faces na multidão
pétalas num galho negro e úmido

ALBA
As cool as the pale wet leaves
of lily-of-the-valley
She lay beside me in the dawn

Tão fresca quanto pétalas pálidas e úmidas
do lírio do vale
Ela deita a meu lado na aurora

LI PO
And Li Po also died drunk
He tried to embrace a moon
In the Yellow River

LI PO
E Li Po também morreu embriagado
Tentou abraçar a lua
No Rio Amarelo

Em 1917 o escritor americano Wallace Stevens escreveria um magistral haikai:

Among twenty snowy mountains,
The only moving thing
Was the eye of the blackbird

Entre os vinte cimos nevados
Nada movia a não ser
O olho do pássaro preto

Mas a grande contribuição para a difusão do haikai no Ocidente seriam os quatro volumes Haiku escritos durante a guerra no Japão por R. H. Blyth e publicado entre 1949 e 1952. Estes livros contendo centenas de poemas comentados se tornariam a bíblia dos cultores deste gênero e marcariam profundamente a Geração Beat americana. Nos anos 50 o zen budismo começava também a penetrar no Ocidente, deixando suas primeiras pegadas. Gary Snyder, um dos poetas beat, escrevera em 1952 no seu diário:

This morning:
floating face down in the water bucket
a drowned mouse

Esta manhã
flutuando virado no balde
um rato afogado

Allan Watts (mentor beat do orientalismo) declararia nesta época: "Alguns se iniciam no zen frequentando assiduamente os mosteiros japoneses; outros, porém, preferem praticá-lo nos estacionamentos da 'West Coast'." Este humor e irreverência, características fundamentais do zen budismo, foram recuperados no haikai por poetas como Allen Ginsberg:

looking over my shoulder
my behind was covered
with cherry blossoms

*olhando para trás
meu traseiro cobria-se
de cerejeiras em flor*

I didn't know the names
of the flowers — now
my garden is gone

*Nem sabia os nomes
das flores — agora
meu jardim já era*

Jack Kerouac, beat errante autor de On the Road, *foi também muito influenciado por Basho, tanto em seu modo movente de vida quanto em sua poesia:*

Birds singing
in the dark
— Rainy dawn

Pássaros cantando
no escuro
chuvoso amanhecer

Useless, useless
the heavy rain
Driving into the sea

Inútil, inútil
a forte chuva
mergulha no mar

eat your eggs
and
shut up

coma seus ovos
e
cala a boca

anata no tamago-wo
tabete
damare

O poeta Rainer Maria Rilke faria uma primeira tentativa em língua alemã em 1920. Embora um tanto longo, assim saiu seu haikai:

Kleine Motten taumeln schauernd quer aus dem Buchs;
sie sterben heute Abend und werden nie wissen
dass es nicht Frühling war

*Pequenas mariposas oscilam sinistramente pelo bosque;
morrem hoje à noite e jamais saberão
que não era primavera*

Outro pioneiro do haikai no Ocidente é sem dúvida o grego Seferis. Datam de 1929 estes versos influenciados pela poesia concisa tanto de Safo quanto de Basho:

Άδειες καρέκλες
τ' αγάλματα γύρισαν
στ' άλλο μουσείο.

*cadeiras vazias
as estátuas retornaram
a outro museu*

Γράφεις
το μελάνι λιγόστεψε
η θάλασσα πληθαίνει.

escreve
a tinta se esvai
o mar se expande

O poeta Giuseppe Ungaretti[1] experimenta desde o início do século o poema breve. Muitos deles de uma só linha, flutuam no branco da página como névoas de nanquim espraiando-se no papel de arroz. Podemos ver nesse exemplo a força e a concisão do haikai italiano:

Mattina
M'illumino
d'imenso

asahi
terasare
koo dai ni

Na Índia, o grande Rabindranath Tagore ao contemplar um templo em ruínas às margens do Ganges, coberto pela vegetação de flores silvestres, escreve em bengali este esplêndido haikai:

---

[1] *Um estudo sobre Ungaretti pode ser encontrado em "Ungaretti e a Estética do Fragmento",* na Arte no Horizonte do Provável, *de Haroldo de Campos. São Paulo, Ed. Perspectiva.*

haru no kafun
otera e motte kita
itsu no hi ka sonaeta hana o

o pólen da primavera
trouxe ao templo as flores
que outrora lhe ofertavam

Talvez o melhor haikai em língua espanhola tenha sido escrito em pleno século XVI pelo mestre barroco Don Luis de Góngora (1561-1627):

solo es real la vida
solo es real
la muerte

guenjitsu
guenjitsu ni wa
shi dake

Mas, na verdade, o haikai seria introduzido no castelhano pelo poeta e diplomata mexicano José Juan Tablada, que já em 1900 o estuda no Japão. No ano de 1919 publica Un Dia..., livro composto exclusivamente de poemas deste gênero:

Tierno sauz
casi oro, casi ámbar
casi luz...

Terno salgueiro
quase ouro, quase âmbar
quase luz...

Peces voladores
al golpe del oro solar
estalla en estillas el vidrio del mar

Peixes voadores
ao golpe do ouro solar
estala em farpas o vidro do mar

O haikai no espanhol já nasceu maduro. O sintetismo visual de Basho transparece na concisa imagética do poeta andaluz Federico Garcia Lorca (1898-1936):

La noche espolea
sus negros ijares
clavándose estrellas

A noite esporeia
suas negras ancas
cravando-se estrelas

Mas quem realmente seguiria os passos do genial Tablada seria seu compatriota e também diplomata, o poeta e ensaísta Octavio Paz. Percorrendo na década de 50 a Índia e o Japão, elaborou uma obra profundamente enraizada na cultura do Oriente.

El dia abre la mano
Tres nubes
Y estas pocas palabras

O dia abre a mão
Três nuvens
E estas poucas palavras

Não poderemos nos esquecer de Jorge Luis Borges, que em sua dimensão metafísica e labiríntica nos legou verdadeiros haikais abissais:

En vano espero
las desintegraciones y los símbolos
que precedem al sueño

Em vão espero
as desintegrações e os símbolos
que precedem ao sonho

Aqui también esa desconocida
Y ansiosa y breve cosa
Que es la vida

Aqui também essa desconhecida
E ansiosa e breve coisa
Que é a vida

No português, o poeta Camilo Pessanha (1867-1926), nascido em Coimbra, dedicou-se em Macau (antiga colônia portuguesa na China) ao estudo da cultura e literatura do extremo oriente. Tanto em sua obra teórica Esboço Crítico da Civilização Chinesa, Ensaio sobre a Literatura Chinesa *como em seus versos* Clepsidra, *Pessanha inaugura em nossa língua a forma sintética da poesia do Oriente.*

Se andava no jardim
Que cheiro de jasmim
Tão branca do luar

A hora do jardim...
O aroma de jasmim...
A onda do luar...

No Japão a influência de Basho é enorme até nossos dias, marcando profundamente a obra de autores modernos e contemporâneos, como Dakotsu (1885-1962), Nakamura

Kusatao (1901-1983), o experimentalista Seishi Yamaguchi (1901-1993), que utilizou em seus haikais a curiosa métrica de 5-5-5 sílabas, e Gozo Yoshimasu (1939-).

Ao vento de outono
A sineta de ferro
Subitamente toca!

Dakotsu

Sol quente de outono
A mão do amigo morto
Toca meu ombro

Nakamura Kusatao

Serpenteando
No rio de verão
Rubra corrente

Seishi Yamaguchi

O tupi-guarani, sincopado e aglutinante como o japonês, talvez tivesse preparado terreno para o haikai brasileiro:

Wirá o bebe
Ybaca oby pupy
O neen: aguebe

A ave voa
Através do céu azul
Ela diz: tudo bem[2]

O poeta maranhense Sousândrade (1833-1902), totalmente projetado-imerso no futuro, escreve em pleno século XIX o poema "O Guesa Errante" onde encontramos autênticos haikais:

No ar circunvoando
Vivo-escarlatas
Indolentemente

Em sempre móvel íris
Verde-neve azul jacinto
E as abrasadas rosas

Num relâmpago
O tigre
Atrás da corça

Mas seria em 1919 que o poeta Afrânio Peixoto, no prefácio de seu livro Trovas Brasileiras, apresentaria o haikai ao Brasil:

---

[2] *Tradução de Felipe Moreau.*

Uma pétala caída
Que torna a seu ramo
Ah! é uma borboleta

O movimento modernista de 1922, sintonizado com a vanguarda internacional, deglute antropofagicamente o haikai:

o mar urrava
como um fauno
após o coito

Oswald de Andrade

Lá fora o luar continua
E o trem divide o Brasil
Como um meridiano

Oswald de Andrade

Caminho mundo...
A treva negra
envolve tudo...

Luís Aranha

Odalisca,
nos coxins de paina do céu,
tu deixaste romper teu colar de pérolas...

Luís Aranha

Noite. Um silvo no ar
Ninguém na estação. E o trem
passa sem parar

Yoru. Kiteki no eki
Mujin no eki
Kisha tsuka[3]
Guilherme de Almeida

Leve escorre e agita
A areia. Enfim, na bateia
Fica uma pepita
Guilherme de Almeida

O anjo pousa de leve
No quarto onde a moça pura
Remenda a roupa dos pobres
Murilo Mendes

O espaço o espaço o espaço aberto
O rei taciturno conhece
O espaço temporal do homem
Murilo Mendes

A lua japonesa
anda no fio
do telefone
Luís Aranha

[3] *Tradução de H. Matsuda Koga.*

Manuel Bandeira traduz Basho, que também acompanhou a trajetória dos modernistas brasileiros:

A cigarra... Ouvi:
Nada revela em seu canto
Que ela vai morrer

Basho

Quimonos secando
Ao sol. Oh aquela manguinha
Da criança morta!

Basho

Olho a noite pela
vidraça. Um beijo, que passa
acende uma estrela

Guilherme de Almeida

Diamante. Vidraça
Arisca, áspera asa risca
o ar: E brilha. E passa.

Guilherme de Almeida

Após a Segunda Guerra, o haikai começa a difundir-se cada vez mais no Brasil através de poetas da colônia japonesa e de autores como Carlos Drummond de Andrade:

Yo o mamoru
inu ni nokoseshi
takibi kana

Ei-l'aí a fogueira
fica deixada p'ra o cão
que guarde esta noite[4]

Keiseki Kimura

Kaminari ya
yomo no jukai no
kogaminari

Um trovão estronda
e os trovõezinhos ecoam
na selva ao redor

Nenpuko Sato

Aozora ni
kin no sen hiku
ipê rakka!

Cai, riscando um leve
Traço dourado no azul
uma flor de ipê!

Hidekazu Masuda

---

[4] *Poema gravado em sua lápide.*

Stop
A vida parou
Ou foi o automóvel?
Carlos Drummond de Andrade

Stop
iki ga tomata
sore tomo karuma nano ka
Carlos Drummond de Andrade

Uma escultura de luz
esguia e estrelar
que fosforeja sobre a infância inteira[5]
Carlos Drummond de Andrade

— O senhor cultiva
epigramas?
— Não, só a grama de meu jardim.
Carlos Drummond de Andrade

Na década de mil novicentos e sessenta o concretismo, valorizando o aspecto visual e sintético da poesia, volta sua atenção para o haikai. Haroldo de Campos recria Basho e Buson no português, abrindo caminho para novas possibilidades de tradução:

---

[5] *Carlos Drummond de Andrade escreveu este poema celebrando a lembrança do cometa Halley visto quando criança em 1910.*

o velho tanque
   rã salt'
      tomba
         rumor de água

manhã branca
    peixe branco
       uma
         polegada branca

canta o rouxinol
    garganta miúda
       — sol lua — raiando
          Buson

"por que será que os tradutores açucararam Basho isto é o senhor bananeira Basho — para quem uma pétala florindo podia ser um gato de prata ou um gato de ouro uma peônia florindo na luz"

Haroldo de Campos, *Galáxias*

Décio Pignatari traduz magistralmente o haikaista japonês Issa:

Damas todas, essas,
E reis, jogados na caixa:
Peças de xadrez

A lua se foi
Meu rouxinol se calou
Acabou-se a noi-

Pérolas de orvalho
Olho e vejo em cada gota
A minha casa-espelho

Pedro Xisto, *adido cultural da embaixada brasileira no Japão, faz uma interessante simbiose entre o haikai e o poema concreto:*

iaiá iaiá ia
aí: ôi ioiô: aí
ai ai iaiá ia

face à primavera   Haru nare ya
a boneca de papel   kami no hiina no
frágil a beleza   kabosokute

momiji: novinhas
mimosas mãos de menino
momicos moviam

são areias brancas
o terreiro de iemanjá
saias rendadas brancas

a criança nua
de tudo cata no lodo
farrapos de lua

bananeira em leque
ah só no jardim BASHO
uma sombra leve

Em 1966, o escritor Érico Veríssimo publica algumas de suas incursões haikaísticas, fortemente inspiradas em Basho:

Gota de orvalho
na coroa dum lírio
Joia do tempo

Com cartas brancas
O senhor cônsul solta
Pombos de papel

O haikai já é bem conhecido entre nós nos anos mil novecentos e setenta e oitenta. Em 1987 é fundado em São Paulo o "Grêmio de Haikai Ipê"[6] e um "Encontro de Haikai"[7] organizado anualmente nesta cidade por Koji Sakaguchi, contando com centenas de participantes. O

---

[6] *Grêmio Haikai Ipê – Aliança Cultural-Brasil Japão.*
[7] *"Encontro de Haikai" realizava-se anualmente no Centro Cultural São Paulo.*

poeta *Paulo Leminski recria livremente Basho e compõe haikais revalorizando o seu humor original:*

umi kurete
kamo no koe
honoka ni shiroshi

O mar escurece
a voz das gaivotas
quase branca

Basho - Leminski

kare eda ni
karasu tomarikeri
aki no kure

árvore curva
o voo do corvo
inverno

Basho - Leminski

do orvalho
nunca esqueça
o branco gosto solitário

Basho - Leminski

casca oca
a cigarra
cantou-se toda
Basho - Leminski

Lua na Neve
aqui a vida vai ser jogada
em breve
Kikaku - Leminski

nuvens brancas
passam
em brancas nuvens
Leminski

Ameixas
ame-as
ou deixe-as
Leminski

A década de 1990 revelaria Dalton Trevisan e o haikaista paulista Claudio Daniel[8]:

A cigarra anuncia
o incêndio de uma rosa
vermelhííííssima
Dalton Trevisan

[8] *Claudio Daniel, nome literário de Claudio Alexandre de Barros Teixeira.*

No muro o caracol
se derrete nos rabiscos
da assinatura prateada

Dalton Trevisan

o azul mais azul
além do cetim da safira
e do lápis-lazúli

Claudio Daniel

espelho d'água
o céu ouro-quase-jaspe
o louva-a-deus

Claudio Daniel

um outro coelum
se oculta na seda
do biombo de laca

Claudio Daniel

Em minha tradução Haikai[9] escrita em colaboração com Kensuke Tamai, professor de literatura japonesa na Universidade de Harvard, de Beatriz Shizuko Takenaga, do Departamento de Estudos Japoneses da USP, procurei restabelecer a sonoridade musical do haikai no português:

9 Haikai. *Tradução de antologia da poesia clássica japonesa. Por Alberto Marsicano em colaboração com Kensuke Tamai e Beatriz Shizuko Takenaga. São Paulo, 1988, Ed. Oriento/Aliança Cultural Brasil-Japão e Japan Fundation.*

tombo tobu
tombo no ueno
tombo tobu sora

libélulas
livres belas
céu de libélulas

Horyu

O som original do poema japonês me inspirou a compor alguns haikais onde a reverberação musical insuflasse toda sua força:

Cumes
De cúmulus
Se acumulam

Lua n'água
Entre pétalas
Alumbra o abismo

Azalea
Jacta
Est

Caligrama do mar
No papel de arroz
Da areia

Lua nova   Shingue tsu
Ninja   Uchyu no
Do espaço   Ninja

Na época em que traduzia a antologia de haikais, folheava numa fria manhã de inverno **Sagarana**, *de Guimarães Rosa, sob o "sissibilar" do vento, quando me deparei com o haikai da rã de Basho, sutilmente dissimulado na trama poética desse livro:*

Velho lago
Mergulha a rã
Fragor d'água

Basho

Tatalou e caiu
com onda espirralada
fragor de entrudo

Guimarães Rosa

Rosa, profundamente influenciado pelo taoísmo e zen budismo (vertente de sua obra ainda inexplorada), compartilha com Basho o fluxo imagético, a sensibilidade e a postura de zen ao descrever a natureza. A curiosa "transcriação" do haikai da rã, bizarra e precisa como as estampas de Hiroshigue "traduzidas" magistralmente por Van Gogh, impeliu-me a reler a obra do grande escritor

brasileiro num trabalho de minuciosa garimpagem em
busca de outros haikais:

Tênue tecido alaranjado
passando em fundo preto
da noite à luz

Na barra sul do horizonte
estacionavam cúmulos
esfiapando sorvete de coco

Entre as folhas
de um livro-de-reza
um amor-perfeito cai

O bambual se encantava
parecia alheio
uma pessoa

E um vaga-lume
lanterneiro que riscou
um psiu de luz

Para onde	Watashitachi o
nos atrai	Doko e hikikomu
o azul?	Kono ao

Há qualquer coisa no ar
além dos aviões
da Panair...

Os aloendros
em fila
nos separavam do mundo

Outrarte
o ouro esboço
do crepúsculo

O coqueiro coqueirando
as manobras do vermelho
no branqueado do azul

Verdes vindo à face da luz
na beirada de cada folha
a queda de uma gota

Sussurro sem som
onde a gente se lembra
do que nunca soube

Mar não tem desenho
o vento não deixa
o tamanho...

No seu voo de ida e vinda
Um gavião estava a esculpir no ar
O dorso de uma montanha de vidro

O arrozal lindo
por cima do mundo
no miolo da luz

A estrela d'alva se tirou
jamais clareava
negras árvores nos azulados

Alvor   Junhaku
avançavam parados   Susunde itta
dentro da luz   Tomatta mama hikari no naka e

Esboço no céu
no mermar
da d'alva

O som do vento

Alberto Marsicano

*O sol poente tinge de púrpura o templo Sotozenshu. Começo a tocar o grande tambor (**otaiko**) anunciando o começo do **zazen**. Uma a uma, as batidas ressoam pelos vastos corredores. Cada toque ecoa como uma pedra dos lendários jardins de Soami, reverberando profundamente entre as ondas concêntricas de areia. Pego o **kyosaku** (bastão de madeira) e lentamente percorro o **zendo** (espaço para a prática do zazen). Passo a passo, num pulsar solene e vagaroso, vejo minha sombra projetar-se entre as silhuetas dos monges em posição de lótus.*

vento de outono
a silenciosa colina
muda me responde

Basho

Ao completar a volta, sento-me junto ao grande otaikô. Ouço passos no andar de cima[1] e a vibração majestosa desse

---

[1] *Não havia nenhuma pessoa no pavimento superior do templo naquela noite.*

*tambor me saía da cabeça. Relembro a história do monge que, ao iniciar-se na seita Rinzai, recebeu o seguinte **koan** (enigma zen): "Conheces o ruído de uma mão batendo na outra; mas qual seria o som de apenas uma palma?" Durante anos a fio, este neófito recolheu todos os tipos de sonoridade, recebendo sempre a negativa do mestre; até que um dia percebeu que o som que tanto procurava era o "não-som", "a harpa sem corda", "o vazio embalado do vácuo".*

o rouxinol
vê o mar e canta!
praia de Suma

Usishi

    *No Japão, desde as épocas mais antigas, os sons ambientais são apreciados musicalmente, da mesma forma que se degusta uma peça clássica. Para se ter uma ideia, lembremos o fato de que, para descrever o vento, existem no japonês inúmeros vocábulos. O som do vento entre os pinheiros é um tema frequente na poesia nipônica, sendo denominado **matsukaze** (vento dos pinheiros). As chaleiras de ferro (**tetsubin**), ao ferverem, emitem um silvo que recorda esse vento. Esse sibilo sutil é denominado também matsukaze.*

bon odori
ato wa matsukaze
mushi no koe

após a suave dança
dos ramos dos pinheiros
o canto das cigarras
Sojetsu-ni

A chuva também tem inúmeros vocábulos que a representam. Muito das tradicionais habitações japonesas possuem vários tipos de calhas que colhem a água da chuva e reproduzem os mais variados timbres sonoros. Certa vez, perguntaram ao mestre zen Joshu: "Onde se encontra o caminho?" Ele respondeu: "Ouves o murmúrio da corrente d'água? Lá está a entrada!" O grande poeta Basho estava contemplando um harmonioso crepúsculo à beira de uma lagoa, quando, subitamente, uma rã pulou na água rompendo sua lisa superfície. Este mergulho produziu um som claro e distinto que inspirou o mais famoso poema:

furuike ya
kawazu tobikomu
mizu no oto

velho lago
mergulha a rã
fragor d'água

Basho

Nos "Sutras", escrituras budistas milenares em chinês arcaico, seu significado há muito se perdeu. São pronunciados solenemente numa cadência rítmica, pois seu efeito é produzido pela sonoridade mântrica das sílabas sagradas. Basho em sua obra teórica considera o som como um dos princípios básicos do haikai. Shikaku (1642-1693) recitou ante o público num templo Shintoísta, mais de quatro mil haikais. A cerimônia prolongava-se até o pôr-do-sol, ele começou a improvisar cinco poemas por minuto, todos imbuídos de um profundo significado. Ao ser indagado como conseguira tal proeza, Shikaku respondeu que a sonoridade mágica das palavras o impelira.

cumes
de cúmulos
se acumulam

Não há muitas informações sobre como a arte da música teria surgido no Japão, mas supomos que, em tempos remotos, sua manifestação, embora positiva, já se encontrava extremamente ligada à poesia e à vida:

Caminho do interior
Canções do plantio do arroz
Meu primeiro contato poético

A partir do século IX, a influência da cultura chinesa tornou-se cada vez maior. A música da China, que ainda hoje pode ser ouvida nos palácios imperiais japoneses, recebeu o nome de **gagaku** *(música de corte). Juntamente com a dança* **bugaku**, *o gagaku restringiu-se sempre aos fechados círculos aristocráticos, distanciando-se da maioria da população. Sua sonoridade é nobre e solene (pode ser apreciada no filme* Sonhos, *de Kurosawa). Nessa música, há vários instrumentos que se destacam. Um deles de sopro é o* **sho**, *composto de tubos de diversos tamanhos que possuem uma reverberação contínua e mântrica. Também há instrumentos de corda como a* **biwa** *(alaúde) e o* **koto**. *Além desses, mais dois tipos de tambores são utilizados.*

No período Muromachi (de 1192 a 1333), o espírito do zen budismo (horror à pompa, humildade, extrema limpeza, etc.) começou a marcar profundamente todos os campos da cultura japonesa. Em música, tudo o que era supérfluo foi aos poucos sendo despojado e chegou-se ao sintetismo — não tão radical como "o som de uma palma" — das peças **nogaku**, *nas quais o acompanhamento musical restringiu-se apenas a dois tambores e uma flauta. Como na pintura* **sumie**, *as notas musicais espalham-se como pinceladas suspensas entre vazios "silenciosos" de papel de arroz. Segundo a concepção da arte zen, o músico* *deve movimentar-se imerso no fluxo sonoro. Enquanto um pintor ocidental empunha seu pincel dominando-o, o praticante da arte do* **sumie** *o segura suavemente, com dois dedos, para que ele possa deslizar "sozinho".*

Poema sem palavras
Portal sem portas
Harpa sem cordas

Vou penetrando no espaço do **zendo**. *Uma atmosfera de rara tranquilidade, caída como o orvalho, envolve o local. Após alguns toques no grande* **otaiko** *e uma forte batida na superfície de madeira do* **han**, *marco o término do* **zazen** *com a reverberação do sino. Ao atravessar os portais do templo, saúdo com o* **gassho-monjin** *o monje Tiba San. Lá fora, acima dos arranha-céus, brilha divinamente a lua cheia sobre os alvos patamares.*

Sobre os tradutores

Kimi Takenaka, estudou literatura na Universidade de Illinois e na Universidade de São Paulo, onde faz pós-graduação em Tradução. No Japão aprofundou-se na língua e cultura japonesa nas cidades de Nagoya e Yokohama, onde manteve estreito intercâmbio com eminentes haikaistas. Em 1994 participou no Japão das comemorações do tricentenário da morte de Matsuo Basho promovidas pela Haiku International Association.

Alberto Marsicano, (1952-2013), graduado em Filosofia pela Universidade de São Paulo, é autor de Idiomalabarismos, Sendas Solares, Jim Morrison por Ele Mesmo, Rimbaud por Ele Mesmo *e das traduções* Escritos de William Blake, Haikai — Antologia da Poesia Clássica Japonesa *e* Sijô — Poesiacanto Coreana Clássica *(Iluminuras). Introdutor da cítara clássica indiana (sitar) no Brasil, gravou os CDs* Benares, Impressionismos, Ressonâncias *e com o poeta Haroldo de Campos* Isto Não É Um Livro de Viagem.

**CADASTRO
ILUMINURAS**

Para receber informações
sobre nossos lançamentos e
promoções envie e-mail para:

cadastro@iluminuras.com.br

Este livro foi composto em *Minion* e terminou de
ser impresso nas oficinas da *Meta Brasil Gráfica*,
em Cotia, SP, sobre papel off-white 80g.